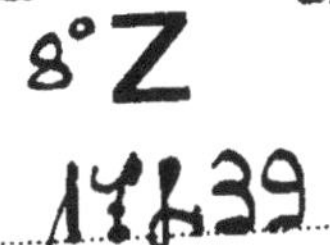

HENRI-MARTIN

Action Intellectuelle

NOTATIONS D'ESTHÉTIQUE

PARIS

vente chez EUGÈNE REY, Libraire-Éditeur
8, Boulevard des Italiens

SOUS PRESSE :

LA TERRESTRE TRAGÉDIE
et l'Opinion

Étude sur l'œuvre et l'Auteur
par **OCTAVE AUBRY**

Lettres et Critiques : LES POÈTES. LES ÉCRIVAINS. LES ARTISTES. — *Les Revues et la Presse, en France, à l'Etranger.* — *Portrait de* HENRI-MARTIN *par Berthold-Mahn.* — *Fronton de* L'IDÉE. — *Table thématique de l'ouvrage.* — LE PENSEUR : *épigraphe par* AUGUSTE RODIN, *poème par* HENRI-MARTIN. — *Annotations.* — *Bibliographie.*

Fondation du
THÉATRE HECTOR BERLIOZ

par **HENRI-MARTIN**

Une œuvre nationale. — L'initiative, le but. — Ce que l'Allemagne fit pour Wagner. — BAYREUTH, GRENOBLE. — *Les chefs-d'œuvre dramatiques et symphoniques d'*HECTOR BERLIOZ. — *Le génie français consacré à Berlin, Vienne, Londres. — Jugements de la postérité. — Le Théâtre de plein air. — Les Dyonisies antiques. — Les solennités d'Orange. — Fondations nouvelles. — Economie et détails du projet. — Tables, notes, conclusion.*

L'Action Intellectuelle

Œuvre

Seuil.

Souvenirs, Idylles, *poésies* (1896-1902)... 1 volume.
Rêveries, Passions, — (1903-1904)... 1 —
(Réédition synthétique).

LA TERRESTRE TRAGÉDIE

Epopée.

Le Poème de l'Homme. (1905).......... 1 —
Le Poème de l'Idée.... (1906).......... 1 —
Le Livre de la Chair... (1907), *prose* ... *En cours.*

Episodes.

La Montagne, *drame lyrique* (*proses*). —
L'Orphéide, *trilogie.* — —

HENRI-MARTIN

L'Action Intellectuelle

NOTATIONS D'ESTHÉTIQUE
(1907)

ÉTUDES LIBRES
Vol. IV. — Mars 1908

PARIS

En vente chez EUGÈNE REY, Libraire-Éditeur
8, Boulevard des Italiens

Ces Etudes et Chroniques
ont été publiées (ou reproduites)
en 1907
dans :

L'AURORE, quotidien, politique et littéraire.

L'ART SOCIAL, revue mensuelle.

LE FORUM, tablette philosophique hebdomadaire.

LE RAPPEL, quotidien.

LE SOIR, quotidien.

LA RIVE GAUCHE, gazette bi-mensuelle.

PARIS

L'Action Intellectuelle

(1907)

Table du présent volume

NOTATIONS D'ESTHÉTIQUE

ESTHÉTIQUE : du grec αἰσθάνεσθαι
sentir, percevoir
*(avec le caractère d'intuition
et de déduction).*

I. — Le sentiment qui détermine le caractère et la valeur du beau dans les manifestations de la nature, de l'art, de la vie.

II. — La science intime, personnelle, qui guide l'Homme pour la meilleure, la toujours plus belle organisation de sa vie.

III. — La science du beau — des sentiments et des réflexions qu'il provoque chez l'être sensible.

IV. — La recherche du mieux dans la vie — *Par extension, dans la vie sociale.*

H. M.

Le Rôle des Intellectuels

Saint Georges de Bouhélier, qui professe quelque sympathie pour mon effort personnel, tant littéraire que social, me jugera qualifié, sans doute, pour discuter avec lui — et parallèlement dans ces colonnes — les graves questions qu'il pose à l'attention des lecteurs de l'*Aurore*. (1)

La grande bataille qui se livra aux alentours de 1897 et dont la mort de Zola sembla marquer le lointain et dernier épisode, a laissé en l'esprit de tous ceux qui eurent l'honneur d'y participer, des regrets pleins d'amertume.

Sans doute ce furent des années d'héroïsme et de foi ; sans doute nous espérions une rédemption définitive des intelligences, une libération prochaine des foules du travail.

Moins utilement que Bouhélier, ai-je concouru à l'enthousiasme commun de cette époque magnifique. Jeune parmi les « jeunes », conscient d'être ignoré, j'étais de l'armée qui escortait et applaudissait les orateurs de la conscience française, aux inoubliables meetings des grands soirs de Paris.

A quelques années de distance, avec plus de réflexion, j'analyse difficilement encore les mobiles complexes qui nous animaient tous, car il n'y avait, comme à Valmy, qu'un état d'âme.

C'était l'âge où les études encore fraîches de l'histoire

(1) *Voir sa réponse page 26.*

et, particulièrement de la Révolution, font une impression si profonde ; et nous aspirions rien moins qu'à voir surgir un état social nouveau, de l'immense commotion qui avait bouleversé tout le pays.

Mais hélas, ces jours glorieux n'eurent pas de lendemain, et les désillusions se succédèrent.

La justice, rendant l'inévitable arrêt, brisa l'élan valeureux qui soulevait toute cette jeunesse ; des résultats demeurèrent acquis si l'état d'esprit et d'âme n'existait plus, si la cohésion et l'action collective, lentement forgées, ne paraissaient plus utiles.

Déjà, en 1904, alors que tout péril n'était pas conjuré, l'ardeur ne pouvait renaître. Un petit groupe de fidèles — car, il faut bien le dire, ce sont invariablement les mêmes qui militent — s'y essaya, mais en vain.

Combien reste-t-il maintenant de ces sincères qui, venus de tous les points de l'horizon, avaient épousé, par généreux altruisme, la cause humaine dans l' « affaire » nationale ? Hélas, je n'ose les dénombrer.

Certains prirent à ces combat le goût de la politique et s'y consacrèrent. Les autres vinrent au socialisme, seule synthèse des aspirations démocratiques alors déchaînées. La création d'un grand quotidien de parti retint assez longtemps une élite purement intellectuelle que les polémiques syndicales éloignèrent bientôt. (1)

En 1906, la consultation du suffrage universel sembla ranimer l'enthousiasme. Mais ce n'était que l'apparence de vitalité propre à la controverse des partis.

Depuis lors, tout est grisaille ; les souvenirs euxmêmes semblent futiles, car leur enseignement ne correspond plus à l'heure présente. L'arrivée au pouvoir des hommes considérés comme les pionniers de ce réveil salutaire, ne réalisa point les espérances jadis fondées.

Les questions économiques sont devenues pénibles à discuter ; l'antagonisme du travail et du capital se définit irréductible, la lutte des classes, marquée à deux Premier-Mai et dans vingt grèves, font de tous ceux qui n'ont pas un intérêt contingent à ce conflit, des spectateurs impuissants et angoissés.

Les démocrates qui s'alarmèrent — bien à tort — de voir peser sur ce pays une force intellectuelle, rendue considérable par la victoire de la conscience et de l'esprit, se lamentent aujourd'hui sous le joug politique qui nous écrase. Rien ne vaut devant celui-ci : toute considération morale lui est subordonnée : culture, esthétique, religion, éducation.

Le combat de jadis se circonscrit à un duel économique dont la politique n'est que le reflet. C'est à peine si les partis permettent aux libres esprits de s'intéresser à leurs revendications, car il faut montrer en tous lieux un coupe-file de syndicat ou de groupe : hors cette tyrannie, tout concours paraît suspect.

Pris entre ces deux actions contradictoires, le rôle des intellectuels est annihilé ; rôle tel que le temps présent l'exige, car je reconnais volontiers que le mouvement de la jeunesse vers 1898 avait une tendance trop prononcée à la manifestation littéraire ou verbale.

Mais quelle influence heureuse n'aurait-il pas exercé en évoluant vers sa plénitude, sans la regrettable interruption que causa le désintéressement général des préoccupations de l'esprit !

C'est ainsi que graduellement, les universités et les

cercles populaires doublent les comités politiques et servent à la propagande des mêmes individus.

La mentalité de ces foyers d'émancipation se modifie ; le spectacle banal et la polémique y remplacent peu à peu l'éducation et l'esthétique.

Il n'y a donc plus d'action intellectuelle dans le sens où nous pouvions jadis la concevoir : les préoccupations vitales retiennent le travailleur sur la brèche, les aspirations mentales isolent le chercheur dans sa tour.

La communion de l'un et de l'autre ne se réalise plus, selon le désir exprimé par les grands penseurs, désir et but même des partis d'avant-garde...

Pour ces derniers, la réussite d'une grève, l'augmentation des salaires l'emportent sur toute satisfaction d'ordre élevé. Je reconnais qu'ils sont contraints à agir ainsi par suite des conditions pitoyables auxquelles le capitalisme moderne réduit le travail manuel.

Mais ceux-là sont sans excuse qui prennent ce mal comme un résultat définitif au lieu de le considérer comme une conséquence passagère.

Certains professeurs d'éclectisme, dangereux par leur talent, s'efforcent d'utiliser ce phénomène à la justification d'une morale qui n'a de matérialiste que le nom. Morale qui assimile les satisfactions complètes de l'instinct à l'acte de conscience le plus noble, et place le livre de caisse d'un millionnaire au-dessus du chef-d'œuvre d'un artiste.

Certes, je comprends bien. Le mouvement que je viens d'esquisser à larges traits depuis ses origines était, avant tout, un retour au peuple, méconnu jusqu'alors et surtout ignoré.

Cette collaboration volontaire des artisans manuels et cérébraux aurait pu produire moralement et socialement de durables choses.

Mais il y a eu du côté de ceux-là, un besoin d'absorption créé par les doctrines.

Les intellectuels purs ont été dénoncés comme nuisibles parce que « bourgeois », épithète qui a une signification très élastique si elle qualifie celui qui continue une tradition de classe, ou celui qui l'a subie aux premiers âges et s'en est affranchi : traite-t-on de « catholiques » les militants libre-penseurs jadis baptisés ?

La seule crainte de voir prendre par ces intellectuels, la tête des colonnes sociales a fait écarter et dédaigner leur concours certainement désintéressé.

La plupart de ceux-ci n'ont pas voulu être absorbés. Seuls, les candidats politiques venus du journalisme ou du barreau, se sont soumis aux statuts d'adhésion. Leur nombre est si grand qu'il peut donner le change aux leaders populaires et leur faire considérer comme hostiles les rares qui sont restés indépendants.

Ce fait explique pourquoi il y a tant de volte-faces, d'excommunications et de ruptures en politique. C'est la revanche des arrivistes qui se sont servi des organisations de propagande comme d'un marchepied.

L'atmosphère de ces groupes s'est ainsi fortement altérée : il n'est plus possible de professer quelque penchant pour les lettres ou la culture sans que l'on ne vous prête l'intention de les vouloir diriger ou d'en obtenir un mandat à brève échéance.

La suspicion est partout. Hors des clans, nulle personnalité n'a le droit de s'affirmer malgré les difficultés qu'elle sait devoir vaincre.

Les candidats à n'importe quoi et n'importe où, débordent la jeunesse pensante. Je n'ai pas un seul camarade, se réclamant d'idées précises, qui ne cultive quelque vague ambition de ce genre.

J'en sais d'autres, par contre, qui, dégoûtés, sont partis respirer un autre air du côté des cimes, après avoir loyalement donné, sans espérance personnelle, leur concours le plus absolu à la grande œuvre démocratique.

Ce n'est pas sans mélancolie que j'ai pénétré le secret de tant d'altruismes. Avec quelques amis — toujours les mêmes — combien de groupements ne provoquâmes-nous : comités, conférences, revues, cénacles — formes multiples d'une même idée ; quelles peines, quelles humbles ressources, quel temps n'avons-nous allègrement sacrifié à ces œuvres éphémères, toutes vouées au travail, à la pensée, à l'art, à leur synthèse : la vie meilleure.

Et nous n'avons vu, pour les mêmes fervents, que des profiteurs de tout poil, renversant nos châteaux de cartes, désagrégeant sans cesse nos sympathies.

Rien, en effet, ne semble devoir réussir sans déviations si l'on n'obtient l'appui d'une coterie, d'un bord, d'une secte, d'un parti. C'est à douter de l'esprit de ce peuple qui tient la liberté et l'indépendance en horreur.

Notre solidarité n'est qu'un vain mot. Le combat pour la vie nous entraîne et rien ne saurait lui résister ; A la tribune, dans le journal, chez le libraire, les conditions de la lutte économique prévalent sur toutes les manifestations intellectuelles ou artistiques.

Est-ce momentané ? Est-ce l'état suraigu de l'antagonisme capital et travail ? Je le crois.

Est-il opportun de reprendre l'action ? Les intellectuels, s'il s'en trouve selon la définition que j'en donne plus haut, sont-ils prêts à tenter un nouvel effort en commun ?

La bataille interrompue dont parle Bouhélier, pourra-t-elle être continuée ? Je ne le crois pas.

Voici longtemps que cet écrivain s'est retiré de la rue pour parfaire, en toute quiétude, une œuvre sociale déjà considérable. Voici longtemps qu'il a perdu ce contact que je garde encore, avec les foules du Forum. A l'instant précis où il songe à rappeler leur intelligence pour un effort vers la pensée, pour la reconstruction d'un idéal de vie, je porte en moi la certitude absolue de l'inanité de sa tentative.

Les « jeunes » comme les vieux, conquis désormais aux méthodes politiques nouvelles, n'aspirent plus qu'à des postes, des sinécures et des rubans. Avec ces trois appâts qu'ils tiennent haut, un millier de politiciens font une conscience à ce pays mieux et plus vite que les maîtres de la pensée.

Les intellectuels et les esthètes, ceux du moins qui n'ont pas encore adhéré à ces arguments, resteront désormais en dehors des courants d'influences.

Et l'œuvre de leur pensée, de leurs aspirations, de leurs angoisses, sera une manifestation individuelle.

Enfin, la somme de ces œuvres éparses, demeurera impuissante à rénover l'âme collective de ce pays ravagé de fond en comble — comme les autres — par les luttes économiques, celles-ci étant perpétuées par nos mœurs politiques.

(*Novembre* 1907).

NOTE

(1) Le grand quotidien de parti cité page 12 est *L'Humanité* qui, lors de sa fondation, compta parmi ses collaborateurs, de purs écrivains comme Anatole France, Octave Mirbeau, Gustave Geffroy, Léon Blum, etc. — et publiait des pages prises aux meilleurs auteurs révolutionnaires.

Je voulais réaliser une synthèse plus profonde, plus complète de ces mêmes éléments lorsque je tentai, en 1906, de créer *La Revue Rouge*, titre que les nécessités d'une propagande immédiate précisèrent en *Annales Socialistes*, selon le vœu des militants. *La*

Revue Rouge (après la Revue Bleue, scientifique, et la Revue Blanche, symboliste) était l'organe de la littérature jeune, hardie, rénovatrice et de l'art évoluant, sous l'égide de ces mêmes aînés — la tribune de toutes les initiatives sociales, de toutes les conceptions nouvelles — le refuge de la critique esthétique indépendante, le soutien d'une politique réformatrice.

Les plus grands noms de la littérature, des arts, des sciences sociales et politiques adhérèrent à cette œuvre. Les enthousiasmes ne lui manquèrent point, mais les moyens, seuls, de propagation et de durée.

C'est peu, quand une idée a fait ses preuves ; aussi la reprendrai-je plus tard.

Le Théâtre et les Œuvres

L'art dramatique se meurt. Il n'est pas de revue esthétique, pas de quotidien littéraire qui n'ait cent fois jeté cette alarme.

Une constatation platonique ne changera rien, même si je la signe. C'est un mal profond, et il faut réagir. Mais comment ? Les mêmes qui l'ont étudié proposèrent bien des moyens : augmentation du nombre des scènes et des subventions, accession des jeunes auteurs, adaptation des multiples genres aux théâtres qui leur correspondent, éducation du goût public par des articles et des conférences appropriées — que sais-je.

A mon avis, ce sont là d'excellents moyens à pratiquer après une décadence d'art, au terme d'une apogée magnifique, pour susciter un nouvel élan, un neuf enthousiasme.

Or, ce n'est pas le cas aujourd'hui. L'art dramatique meurt. Il se meurt parce qu'il y a des directeurs, des vedettes et des auteurs pour créer et soutenir ses multiples contrefaçons.

Certes, mon affirmation ne suffit pas, elle le cède à celle d'un banquier.

C'est pour cela que je convie quelques esprits à l'attention de ces lignes désintéressées.

***

Si je mets hors débat les petites boîtes à courtisanes, les cabarets qui se déclarent spirituels, et les cafés-concerts en pleine vogue, je limiterai les responsabilités de cette décadence aux théâtres du boulevard et aux grandes scènes subventionnées.

Le thème du « couchage » avec ou sans musique, le mélodrame de barrière, la reconstitution historique douteuse, la farce militaire et le vaudeville bourgeois se départagent également l'affiche.

Il est une petite place pour la thèse de métier et le sujet d'épouvante — c'est une floraison moderne — car je mets à part le classique français agrémenté d'actes mondains.

***

Les directeurs d'abord. Ce sont des *businessmen*, ce ne sont plus des artistes. Le succès à tout prix, telle est leur devise. Des lettres lùmineuses, une presse savante, quelques innovations scéniques, comme l'apparition d'une auto, d'un ruminant ou d'un lutteur, pimentent la réclame et le spectacle ; d'aucuns vont jusqu'aux pièces de muséum. Le déraillement et l'éruption volcanique sont trouvailles récentes.

Premières, secondes, troisièmes représentations excitent la curiosité ; quelques autres encore. Rideau.

Quant aux vedettes, elles deviennent intolérables; Il leur faut des rôles sur mesure, tout comme leurs bottines, pas trop larges et juste étroits ; souvent elles les mettent à la « forme ». Des costumes dispendieux, des sujets dans leur tempérament.

Certaines sont atrocement vieillies et ne veulent pas abdiquer. Ces gloires irréparables coûtent d'autant plus cher. Elles empêchent en outre, l'avancement des jeunes.

Enfin, les auteurs, innombrables, ont la prétention d'être joués. Ils satisfont naturellement tout le monde sauf leur maître. Et ce maître, c'est l'art. La vedette — homme ou femme — est puissante. De sa mise en valeur dépend l'acceptation de la pièce, trop souvent. L'auteur réfléchit et s'y emploie.

Ne croyez point, vous les éphèbes, de traiter un sujet : il faut replâtrer un physique, complaire à l'horloge, rogner d'une part, allonger de l'autre, finir en mesure.

Ce n'est plus d'un écrivain, mais d'un tailleur à façon. L'œuvre est admise.

Les spectateurs, puisque ce théâtre ne peut vivre, sans eux, n'ont plus aucune exigence. De l'une à l'autre pièce, ils ne se sentent pas décliner. Par là, ils laissent directeurs, grands rôles et auteurs dans la douce croyance que leur collaboration est sublime, leur trinité immarcessible.

Malgré tout, ce public diminue. On le maintient par des tours de force, en aggravant, bien entendu, les causes de sa lassitude.

Entre lui et le théâtre sont des habitudes, non une inclination naturelle.

Aussi, préfère-t-il de plus en plus le café-concert : féeries, lumières, repos, courtisanes ; spectacle sans prétentions d'art et à meilleur compte.

Notre bourgeoisie, qui, par tradition, lançait ses fils dans les voies libérales et obstruait celles-ci d'officiers, de docteurs et d'avocats, prédestine maintenant tous ses ratés à la littérature.

Il y en a des milliers. Un livre de prose ou de vers exige beaucoup de lecture, beaucoup de travail et ne « rapporte » guère ; il faut même le payer en attendant la consécration.

Trois actes quelconques, bâtis avec les réminiscences d'une liaison et d'une rupture, avec un fait divers banal, et voici la grande presse conquise, la notoriété d'un mois, le livret à l'*Illustration*, le portrait dans *Femina* et le pied... à l'étrier.

Un « auteur » de ce genre peut faire ses quatre pièces par an et courir autant de chances à chaque saison.

Le confrère met-il un aviateur en scène ? vite celui-là propose un sous-marin.

Ce n'est pas tout. L'auteur ne veut plus attendre. Pour « passer », il paye à plus d'un guichet. Comme si cette nuée de malfaiteurs ne suffisait pas, il y a aussi les dilettantes. Ceux-ci jouent de leur fortune. Collaboration anonyme, mise en scène offerte, gazettes circonvenues. Un tel a dépensé plus de cent mille francs pour lancer sa firme : les professionnels n'ont plus qu'à mourir.

Et voici un nouveau fléau : les critiques. Quel auteur sérieusement joué, ne pourrait être critique habile ? et quel critique habile ne pourrait être sérieusement joué ? Poser la question c'est la résoudre. Voilà pourquoi Antoine, qui veut réagir contre de telles calamités, se bat, depuis l'ouverture, avec trois ou quatre néo-dramaturges qui veulent, au nom de leur influence critique, franchir les portes de son Odéon.

Et puisque nous sommes sous le régime de l'or, noterai-je que la surproduction des œuvres hâtives et mauvaises encombre les secrétariats, empêchant les talents véritables d'être révélés au public.

On a vu un écrivain joué simultanément à l'Opéra, au Comique et à la Renaissance. Le trust des planches et des fours. Un piètre compilateur, de ma connaissance, va mettre en répétition deux livrets quelconques sur les boulevards et une obscénité (sous pseudonyme) dans une boîte de second ordre. Le nommer faciliterait ses éclosions. Par contre, deux artistes qui attendent désespérément leur tour, n'ayant pas les leviers nécessaires, font en hâte une bouffonnerie pour café-concert.

Et plus d'un jeune, qui, par dégoût, renonce à s'abaisser pareillement, travaille, désormais solitaire.

Mais, pendant ce temps, les honnêtes marchands triomphent et s'enrichissent : le public les applaudit sans se lasser.

Depuis Dumas et Scribe, l'adultère, l'héritage, les liaisons et le divorce lui sont copieusement servis.

Certains auteurs — parmi les nouveaux — ont tenté de réagir. Nous leur devons la pièce à thèse. Erreur encore.

A part un ou deux théâtres où elle peut se réfugier, on aurait tort de l'admettre partout comme une forme supérieure d'art théâtral.

Certes, il vaut mieux préférer aux turpitudes bourgeoises, les œuvres qui font penser : ce n'est point encore l'esthétique désirable. Celle-ci ne doit pas être exclusive d'un genre mais animer toutes les conceptions.

C'est pour cela que nous assistons, angoissés, à l'effort magnifique tenté par Antoine. Réussira-t-il à forcer le goût du public, à lui imposer des œuvres de toutes provenances, de toutes écoles, et marquées du même souci d'art ? souhaitons-le ardemment pour notre réputation littéraire.

A côté des chefs-d'œuvre classiques, une sélection d'œuvres nouvelles doit voir le jour à l'Odéon. Mais il faudrait la collaboration morale de la critique pour faciliter l'effort de l'artiste, non une coalition d'intérêts personnels contre le directeur.

Si les critiques-auteurs nous garantissent par définition une sérieuse technique, ils ne nous assurent pas, avant œuvre, l'art et le style indispensables.

Mais ils ont un rôle assez grand, assez utile, en dirigeant vers le mieux la mentalité du spectateur.

Cependant, si leur désir d'être joués se généralisait, si, d'autre part, les acteurs étaient, comme trois d'entre eux, gagnés à cette contagion, il n'y aurait plus aucun empêchement à accepter les manuscrits de machinistes et d'ouvreuses, gens possédant à un haut degré, « l'habitude » du théâtre.

***

Malgré ce paradoxe, la crise est trop prononcée pour qu'un seul homme, fût-il Antoine, puisse en suspendre le cours.

Nous connaîtrons certainement bientôt une période de lassitude que n'empêcheront point les tentatives d'engoûment. Puis, une rénovation commencera, semblable à celle que suscita, voici vingt-cinq ans, l'initiateur du Théâtre Libre.

Il est certain qu'elle ne s'accomplira pas avec les débris du présent, mais avec des œuvres fortes, loyalement conçues dans de nouvelles formes, sans doute, brossées, développées et confrontées avec les chefs-d'œuvre passés. Elles ne seront point la fantaisie produite en trois mois, mais le fruit d'un labeur consciencieux de plus d'une année. Du reste, les vrais écrivains ne se moquent jamais du public. C'est à l'art qu'ils songent, hantés par les maîtres, et pour la pensée qu'ils travaillent.

Mais, en attendant l'effort de la génération qui monte, je préfère, loin des théâtres, relire les tragédies d'Eschyle.

(*Novembre* 1907).

NOTE

Saint-Georges de Bouhélier dont nous attendons avec impatience *Les Esclaves*, l'œuvre nouvelle que l'Odéon doit représenter, écrit dans l'*Aurore* du 1er mars 1908 sous ce titre : ***La Production théâtrale***, un réquisitoire identique au mien comme pensée générale et comme conclusion.

Il faut croire que le mal existe.

La Séparation et la Foi

La longue étude que je consacrais récemment ici même, au *Rôle des Intellectuels*, m'a valu quelques réponses sympathiques de lecteurs inconnus.

Trois d'entre elles m'accordent le mérite d'avoir assez bien résumé les pensées de leurs signataires, éparses autour de cette importante question.

La quatrième émane de Saint Georges de Bouhélier, dont je discutais déjà les idées au cours du même écrit.

Le jeune maître naturiste reconnaît celui-ci « excellent, mais combien amer ! » non sans avouer que toutes les raisons de mon scepticisme sont valables et de lui partagées. (1)

Et, comme il advient pour une cause chère à défendre, Bouhélier me dit aussi sa croyance au triomphe de notre idéal qu'il sait commun.

Puis, il me signale l'article paru sous sa signature, relatif à la Séparation, me priant de le lire et de le discuter, si c'est dans mon dessein. Après quoi, il me répondra publiquement par l'*Aurore*.

(1) Voici un passage de cette lettre : « Soyez certain que toutes les raisons que vous avez pour être découragé, je les éprouve aussi... Voulez-vous me venir voir ? J'aurai plaisir à vous exposer pourquoi l'action intellectuelle peut encore réaliser de grandes choses, et comment. Bien vôtre. S. G. B. »

J'ai quelque peu tardé à cette controverse courtoise, car je tenais à suivre les débats de la Chambre sur la loi de dévolution que le ministre des cultes proposa et défendit avec une rare ténacité.

Sans être juriste, il apparaissait bien que l'Eglise commettait une grave faute en cherchant à susciter le ressentiment d'héritiers collatéraux antérieurement spoliés par elle, contre les conséquences d'une loi dont elle refusa les présents.

L'acceptation du principe des Cultuelles lui eût assuré la jouissance de biens que la légalité lui empêche désormais de revendiquer.

Mais ceci est d'ordre administratif. La Séparation est un fait qui dépasse considérablement ce dernier acte.

A étudier sa portée philosophique et sa répercussion dans les cerveaux, il semble bien que le couronnement de l'œuvre de laïcisation nous contraigne longtemps encore.

Présentement, je ne partage pas l'avis de Bouhélier, quant aux origines qu'il indique en bref au mouvement séparatiste.

Est-ce vraiment la lassitude antérieure des esprits et l'attente d'un ordre moral nouveau qui, du haut en bas, réveilla les couches sociales ? Non pas. La raison politique m'apparaît dominante en ce sens que, pendant trente ans, la Séparation fut l'argument principal de toutes les campagnes électorales et, peu à peu, la condition *sine qua non* de l'éligibilité, lorsque les masses populaires furent imprégnées d'anticléricalisme.

Dans les villes, le désintéressement forcé y concourut beaucoup. Les âpres luttes économiques arrachèrent à l'église tous les êtres qui, jusque-là, par tradition, avaient été baptisés puis admis à la communion.

Tant que le peuple crut à l'efficacité du baume chrétien sur les plaies sociales, il suivit ces errements. Puis les générations nouvelles guettées par le syndicat, conquises à l'esprit corporatif, oublièrent vite les rites de leur enfance. Le branle politique étant donné, elles sanctionnèrent avec le bulletin de vote, cette rupture qui leur semblait une première victoire, non sans dédaigner le terrestre motif des millions du budget supprimé.

Les classes moyennes, par contre, furent les plus réfractaires. La condition morale est, en effet, directement déterminée par la réalité matérielle. Aussi, le monde petit-bourgeois se complût-il à sauver la tradition chancelante qui maintenait le niveau de son maigre luxe, de son esthétique et de ses distractions.

Il faut avoir vécu en province pour s'en persuader.

A l'heure actuelle encore, cette catégorie sociale constitue l'armée fidèle dont la haute bourgeoisie fournit les chefs donnant les ordres et l'exemple.

Quelle que soit la situation du clergé vis-à-vis de l'Etat, ces mœurs, ces habitudes ne seront point changées, cependant que l'ouvrier se moquera comme devant, de l'existence des cathédrales.

Les petits métiers et le commerce qui appartiennent au même rang moyen, ont logiquement fourni l'élément adverse, c'est-à-dire le gros des cohortes libre-penseuses, inévoluées — et généralement sectaires à cause de cela.

Sans discussion comme sans recherche, les foules imitèrent. Sous cette poussée ayant toutes les apparences de l'ensemble, le désir séparatiste se manifesta, désir que les élus de multiples origines devaient forcément enregistrer et légaliser.

Tel est à mon sens le cycle accompli par l'idée, le processus qui amena ce pays à la loi de 1905. Dès le lendemain, celui-ci fut surpris d'apprendre un tel résultat. Le prolétariat parut indifférent et les mêmes classes moyennes dont j'ai parlé, produisirent les énergumènes que l'on vit aux inventaires, sous la conduite des hobereaux.

***

Ceci dit, j'envisagerai la situation actuelle. La Séparation a-t-elle vraiment *séparé* les fidèles de l'Eglise ? Et dans ce cas, un culte nouveau doit-il remplacer le catholicisme ? Cette religion seule est-elle atteinte par la loi ? Que deviennent les autres ? En dernier lieu, s'agit-il de créer une métaphysique ? ou de concevoir une esthétique sociale.

Ces interrogations sont suscitées à mon esprit par l'article même de Bouhélier qui n'en satisfait aucune et généralise trop.

Mais avant d'étudier ce que les démocrates pourraient proposer dans ce sens, faut-il d'abord limiter ce qu'ils ont aboli.

Je ne doute pas que, pour beaucoup de gens simples, la séparation du spirituel et du temporel n'ait rompu le charme des croyances. Cependant, la loi n'a pas ce but, n'a pas ce caractère intolérant et, quoiqu'elle exclue le principe d'une église nationale, elle ne prétend pas lui enlever un seul adepte.

C'est donc une grave erreur de penser un instant que la Séparation proclamée, prive les catholiques d'un *Credo* et oblige les spiritualistes à combler ce vide.

En cela même, les athées prouvent combien ils restent humains, c'est-à-dire naïfs et crédules.

Ils se sont empressés, après la *déchristianisation*, de créer un rituel laïque pour les baptêmes, les communions, les mariages ; des noëls civiques, et des fêtes opposées aux manifestations religieuses. Il leur plût de manger gras la semaine des cendres. Ceci rééditant pour eux les cérémonies de la Raison, en 1789, mais sans avoir leur beauté.

De tels faits gagnent des partisans, que les intellectuels même semblent vouloir orienter.

Ainsi Bouhélier considère la mentalité qu'il suppose issue de la Séparation, comme propice à une seconde Renaissance. L'étude du calendrier catholique lui inspire, après le conventionnel Romme, Sylvain Maréchal et Fabre d'Eglantine, l'idée d'un calendrier républicain. Les expériences infructueuses que tentèrent ces hommes, devraient cependant lui prouver que rien n'entame si ce n'est le temps, la solidité des coutumes.

Il souhaite, d'autre part, rénover l'enthousiasme communal par les célébrations en musique et dit qu'il est possible aux compositeurs, de préparer utilement des répertoires pour flageolet et pour piston. Mais quelle bourgade n'a pas sa fanfare ! Quelle ville ne possède une musique militaire !

Un autre écrivain nous apprend cette tentative : la démolition d'une église et la fusion de la cloche qui, chez le fondeur, devient un buste de Zola érigé en saint laïque !

***

Toutes ces manifestations des esprits et des groupes m'alarment. Visent-ils à jeter les bases d'une esthétique nouvelle ? Si c'est pour atteindre à un idéal de beauté, je pense qu'ils aboutiront à sa parodie.

Mais si c'est pour remplacer la foi catholique, je doute que de telles réjouissances y parviennent.

Et pourquoi, je me le demande, généralisons-nous si vite ? Cette foi, malgré son immobilisme n'est point morte ! le protestantisme est tout puissant ! le mosaïsme s'accroît avec la race ! sans compter les multiples confessions que j'ignore ici.

L'élite voltairienne ne peut changer cela. Je sais bien qu'il était une lutte nécessaire contre l'obscurantisme clérical ; comme tous les fervents de la science, j'y ai participé. Mais ceci n'implique point une substitution de métaphysiques.

Certes, comme Bouhélier, je sais que nos temps sont arides et dénués de toute poésie, de toute beauté. Comme lui j'ai dit dans mes livres (1) le culte des arts, du travail, de la pensée, éléments d'une nouvelle foi dressée contre toutes les religions, c'est-à-dire les églises. Des milliers de jeunes qui furent avec nous aux confins du savoir, sont revenus, méprisant les boutiques sacerdotales, mais avec l'esprit angoissé de n'avoir plus d'appui pour soutenir leur espérance humaine.

Ceux qui vivent normalement la vie se passent de nos directions. Leurs origines, leurs lectures, leur intelligence déterminent pour eux une mentalité contre laquelle nous ne pouvons rien. L'Etat, plus fort que nous, j'imagine, n'a jamais pu imposer un *Credo* collectif.

Prétendrions-nous le tenter après la Séparation ? Et comment comparer notre sort et le leur avec celui

(1) *Adolescence* (Rêveries, Passions). — *Le Poème de l'Homme.* — *Le Poème de l'Idée.* (La Terrestre Tragédie).

qui est départi aux masses amorphes auxquelles des lois économiques implacables disputent non seulement le cerveau, mais l'estomac et les poumons ?

Que dirons-nous à l'homme qui vient de passer quatorze heures sous terre — ou à l'usine — et qui n'a jamais eu les moyens, ni l'idée d'opter pour une croyance !

Seuls, ces hommes peuvent intéresser notre pensée. Que notre effort tende à vouloir pour eux une vie plus belle, nous le leur devons socialement. Mais leur parler religion avant que l'existence soit pour eux matériellement plus digne et plus esthétique, c'est commencer la maison par le toit ; et notre œuvre, par sa conclusion.

Peut-être, chercherai-je les voies de cette rénovation, si Saint-Georges de Bouhélier m'y incite par sa réponse.

(30 *Novembre* 1907).

NOTES

I. — Cette étude m'a valu un mot de remerciements sympathiques du secrétaire particulier de M. le Ministre de l'Instruction Publique et des Cultes, M. Briand.

II. — J'ajouterai aux arguments déjà fournis que je ne souscris pas à la métaphore hardie de M. Viviani proclamant l'extinction « dans le ciel, des lumières qu'on ne rallumera plus. »

Quel que soit le sens — ésotérique ou éxotérique — de sa pensée, il n'empêchera les hommes, jusqu'au dernier ! de croire en quelque principe supérieur.

Croyance invariablement née, après mille autres, de l'insondable problème de la vie et de la mort, que nul n'a pu et ne pourra résoudre.

L'Abbaye de Créteil

PHALANSTÈRE D'ART

M. Noël Amaudru a récemment consacré dans *Le Rappel*, sous l'annonce suggestive d'un *Voyage en Icarie*, une longue étude à l'Abbaye de Créteil. Sans doute mon estimable confrère me permettra — puisqu'il me cite à juste titre parmi les fondateurs de ce phalanstère d'artistes — de lui présenter différemment l'œuvre que nous avons entreprise, car il la considère surtout théoriquement.

J'ai hâte de dire avec quelle évidente sympathie M. Amaudru entretient ses lecteurs de ce libre effort. Son intention de le faire avantageusement apprécier, lui a déjà valu notre tribut collectif de gratitude.

Mais la portée de cette tentative dépasse ses initiateurs ; c'est pour cela qu'il me sera facile d'extérioriser ma pensée et de donner à ces lignes un caractère impartial.

Malgré la lecture du statut idéal, qui n'a de sens que pour les membres de l'Abbaye, M. Amaudru ne semble pas retenir l'art seul comme un but suffisant à la communauté.

Il y voit évidemment la réalisation des théories actuelles, car il n'aurait, sans cet esprit, l'idée de qualifier en bloc les logistes de l'*Abbaye* comme « les poètes du socialisme » ou de les situer « à l'extrême frontière du parti révolutionnaire ».

Ceci aurait une autre signification sans cela, car la littérature et l'art ont bien, en effet, leur parti révolutionnaire, celui des « jeunes ». Nous en sommes tous. Mais la première expression donne à la seconde une étiquette politique : M. Amaudru fait erreur.

Que dans la pratique d'une vie collective, que dans la mise en commun des apports individuels, les théoriciens qui nous visitent et nous estiment voient la réalisation de leurs postulats favoris, nous ne saurions l'empêcher.

Suivant leur tempérament, ils découvriront en notre Abbaye, le couvent laïque, le monastère silencieux, la retraite pensive ou la Cité du Soleil, alors que nous avons simplement conçu la maison des labeurs esthétiques, ignorant volontairement quelles preuves nous pouvions fournir aux doctrines sociétaires.

Le titre choisi, d'ailleurs, évoque, pour les lettrés, l'Abbaye selon Rabelais, refuge des *purs* qui doivent « fonder la foy profonde », sous l'égide Thélème, autrement dit *Volonté.*

En outre, les membres de notre groupe, à tort ou à raison, n'ont nul souci des classifications politiques et ne sont inféodés à aucune d'elles.

En ce sens, ils sont libres. Mais la liberté civique n'implique point la liberté économique.

Aussi, le rêve icarien, cher à M. Amaudru, ne se réalisera pas avec nous, car notre communauté, toute terrestre, ne sera jamais « indépendante de l'éternelle contingence des choses ».

Fais ce que voudras, devise magnifique, n'abandonne pas, à notre usage, la signification relative qu'elle garde pour les mortels : nous sommes au XXe siècle et il faut vivre.

Seuls, les moines du VIe, avec Saint Benoît et ceux du XIe avec Saint Bruno, pouvaient bâtir des monastères et y mener une existence cartusienne parce qu'ils avaient la richesse indispensable, créée par la dotation individuelle. Aussi ces ordres existent toujours.

En des temps plus proches, la loi sur les associations nous révéla, voici deux ans, la colossale fortune des multiples congrégations qui désertèrent le territoire français plutôt que de se soumettre à la formalité de déclaration.

Tant de siècles n'ont donc pas changé l'unique moyen d'obtenir sur terre, la jouissance matérielle et spirituelle.

***

Or, à l'Abbaye, il ne nous manque que la fortune ! La nécessité vitale nous a contraints à produire un labeur monnayable ; d'où la création d'une imprimerie-édition d'art, à côté du groupement esthétique. Labeur capable de donner des bénéfices et de contribuer plus tard à l'indépendance de chacun. Par cet indice, le sociologue nous apparente aux travailleurs qui tentent de briser le joug du salariat.

Notre but est un peu plus idéal, si nous empruntons leur méthode. Cela, nous ne pouvons et ne devons le contester.

La conséquence inéluctable de cette nécessité est le maintien de toutes nos attaches avec le monde extérieur, ce qui n'a rien de monacal.

Aussi, notre fondation n'est-elle pas ce que certains d'entre nous l'ont rêvée, mais bien ce que la fait précisément l'éternelle contingence matérielle.

Faut-il le regretter ? Pour ma part, je n'ai jamais rien attendu que de notre effort collectif, malgré les promesses de concours qui nous furent offertes au début. Vainement. Et, depuis, mes camarades ont compris l'erreur de compter sur les Mécènes problématiques.

Mais dans l'intervalle, nous avons lutté, et ce fut la leçon. Elle nous a prouvé l'excellence de notre œuvre et permis d'entrevoir une réussite qui se confirme chaque jour.

De strictes règles communautaires ? point. Un statut catégorique n'est possible, ne peut mutuellement s'imposer que dans le cas d'une prospérité manifeste ; nous ne l'avons pas encore atteinte.

Le monastère peut décréter ces règles parce que les apports individuels s'équivalent et assurent à la gestion intérieure une m arche sans aléas.

Or, des esthètes venus des quatre points de l'horizon intellectuel, ayant subi déjà des conditions différentes d'existence, ayant même des conceptions opposées et des méthodes de vie contradictoires, disposant de faibles ressources ou ne possédant, pour tout capital, que leurs bras et leur plume, n'ont pu, au jour de l'entente, unifier d'un seul coup leurs destinées — que les responsabilités sociales de loyer et de commerce compliquaient soudain.

***

A tout cela, nous avons dû suffire, car les patronages demandés ou offerts restèrent platoniques. Sauf de rares exceptions, cependant.

Ainsi, pour mettre à l'abri des tentations mercantiles notre art ou notre pensée, nous nous efforçons de réaliser cette vie.

Un tel but est essentiellement égoïste, comme toutes les prospections humaines. Il ne devient altruiste que par son élévation mentale. Nous lui sacrifions beaucoup, et c'est là notre excuse, sinon notre mérite.

Mais dire que nous avons compilé toutes les théories communautaires, étudié le fonctionnement des ordres religieux ou des groupements libertaires pour concevoir une association aussi dépourvue de dogmatisme que la nôtre, serait puéril. Aussi, ne le disons-nous pas.

Du groupe, je suis sans doute le seul qui, mêlé à la vie sociale et politique depuis huit ans, connaisse, par éducation professionnelle, l'histoire des différentes conceptions collectivistes du dernier siècle. La diversité de nos tempéraments ne permit pas de tirer profit, même en théorie, des efforts antérieurs au nôtre, dont l'idée initiale était si distante des doctrines sociétaires illustrées par Robert Owen. Ce précurseur du socialisme moderne engloutit, à édifier les cités de New-Lanark et de New-Harmony, une fortune considérable.

Le communisme, qu'il soit déterministe et athée, comme ce dernier, ou théocratique et familial, comme celui de Cabet, ou révolutionnaire selon Babœuf n'en exige pas moins des ressources fondamentales. De même que les colonies engendrées par les théories fouriéristes, essentiellement économiques, nécessitaient un sérieux apport de leurs participants. Apport de travail ou d'argent, celui-ci permettant celui-là, par l'acquisition des machines et des instruments aratoires.

Mais les Icaries du Texas, de l'Illinois, de l'Iowa, de l'Indiana, comme les colonies de Rochdale, de Guise, de Condé, d'Oran, comme les Fruitières du Jura et les Associations domestiques, dépassèrent considérablement, en valeur sociale, la présente tentative de l'*Abbaye*. Elles ne pouvaient, en aucune façon, servir d'exemple ou de précédent à ce phalanstère d'artistes.

***

Celui-ci n'est donc pas, comme le pense M. Amaudru, symptômatique des temps actuels, et ne s'identifie que de loin au groupement économique, au monastère religieux ou à la maison de retraite. Ce ne sont pas des hommes de vingt-six à trente ans qui s'y confineraient.

Elle unit moralement, en attendant la réalisation statutaire complète, des jeunes écrivains, poètes, peintres et musiciens que l'indifférence de l'époque pour les arts et la beauté a rendus solidaires et qui désirent seulement œuvrer de l'esprit, sans compromission matérielle. Cependant, les soucis — qu'ils refusent comme esthètes — s'imposent, décuplés, aux artisans qu'ils doivent être encore. Et, s'il y a de la foi et du courage, c'est en cela qu'il les faut découvrir.

Mais, déjà, plus de cent cinquante articles et chroniques, dans les grands quotidiens et les revues de Paris, de province, de l'étranger leur en ont apporté le témoignage.

Deux fêtes de plein air, trois expositions d'œuvres par les seules ressources artistiques de la fondation, et plus de vingt volumes aux éditions de l'Abbaye attestent le labeur de la première année.

Avec des ouvrages d'Anatole France, Paul Adam, de Montesquiou, Gustave Kahn, Emile Blémont, Henry Bataille, la sympathie des bibliophiles est acquise à cette collection.

Certes, l'exemple peut être proposé à tous ceux qui

veulent s'affranchir d'un joug matériel ou moral. Mais, qu'ils ne s'illusionnent pas sur les facilités d'une telle tentative !

Quiconque aspire à l'indépendance doit la conquérir ; et nul ne se prévaudra du principe communautaire (ou collectiviste !) pour en retirer les avantages s'il ne peut, à défaut de ressources, répondre de son énergie individuelle.

Que M. Amaudru accepte ces commentaires à son article doctrinal : je sais le prix de l'expérience qu'ils peuvent déceler.

Telle est l'*Abbaye*, œuvre sans cesse adaptée, par de semblables contingences, à la vie extérieure dont elle est tributaire.

Et déjà son développement laisse-t-il entrevoir des résultats au-delà même de l'humble rêve de beauté auquel nous aspirions tout d'abord.

Décembre 1907.

(*cinq reproductions* - 1908)

NOTE

Le 19 décembre 1907, un artiste, un protecteur des lettres — et des écrivains, maintes fois — M. Robert de Montesquiou, honora l'Abbaye de Créteil d'une longue visite.

Peu de temps après, le poète des *Hortensias Bleus* traduisit magnifiquement sa sympathie pour l'œuvre — et nos espérances en elle — par une chronique de style sûr et de goût parfait, en première page du *Figaro*.

J'ai tenu à rapprocher de mon étude aride — pour la corroborer — ces quelques lignes, pleines de grâce et de poésie.

« Le plus grave, c'est évidemment la *résidence* ; sur ce point une erreur me semble avoir été commise. Or, cette question fondamentale se compliquant de la non moins capitale question du loyer, rien ne serait plus désirable pour l'Abbaye de Créteil que tout simplement de changer de nom, par suite d'un transfert, et de s'appeler plutôt : Abbaye de Chaville, ou de Bellevue.

« C'est donc, sur ce point, que l'intervention d'un *deus ex machina*, effectif et puissant, apparaîtrait infiniment souhaitable. Qu'il me permette, à tout hasard, de lui montrer ce chemin et, tout d'abord, de lui indiquer avec déférence, quel devrait être le tour de son bienfait.

« Je n'en imagine pas de mieux inspiré que celui qui prendrait la forme de l'abandon, à nos nouveaux conventuels, d'un terrain bâti dans la direction que je signale ; j'entends : quelque propriété un peu délaissée, une villa difficilement louable, comme il s'en trouve dans le patrimoine de certains Crésus, qui les livrent un peu inconsidérément à la tenture d'Arachné et à la tapisserie du lierre. Non seulement il ne disconviendrait pas que le lieu fût un peu embroussaillé, mais, outre que la poésie y trouverait son compte, un castel-au-bois-dormant n'est-il pas toujours plaisant à réveiller ? Et les enchevêtrements des ronciers y figureraient ironiquement, comme dans le dessin de Burne-Jones, les facilités du *Chemin de la Vie*.

« De quelle fervente allégresse nos concessionnaires salueraient la nouvelle, que j'aurais joie à leur transmettre : leur nomination, pour un temps, au poste de gardiens vigilants d'un tel domaine, dans lequel ils ramèneraient l'activité et la gaieté, avec d'autant plus d'ardeur et d'enthousiasme que ce seraient les seules formes de leur *quittance*, de leur *terme* et de leur ***bail*** !

« Trois mots terribles, qui deviennent leurs terribles maux.

« Je ne veux pas prolonger ces notes. Qu'il me suffise, pour le conclure, d'évoquer telle qu'elle pourrait devenir, grâce au bienfait que j'appelle, et telle que je me la représente, cette station d'esthétique et de sentiment, sur la route de Versailles, par exemple. »

(Voir le *Figaro* du 28 Janvier 1908 colonne de tête, sous le titre de « Choses écrites à Créteil », titre emprunté aux ***Chansons des rues et des bois***, de Victor-Hugo.

Avril 1908. — ***En attendant la réalisation de ce dessein***, L'Abbaye, ***dont le siège n'est plus à Créteil depuis Janvier, a transféré l'imprimerie de ses éditions à Paris, dans le quartier du Panthéon. M. Linard restant, comme par le passé, directeur technique des travaux.***

Le Siège du Groupe d'Art ***est au*** Studio de l'Abbaye, 88, Boulevard de Port-Royal, ***où les membres fondateurs tiennent leurs réunions. Ils y reçoivent, le jeudi soir, les adhérents et les amis de l'œuvre.***

Le Palais du Travail

L'an dernier, en ce même Paris de novembre, aux soirs incendiés de lueurs confuses, nous parcourions souvent, Paul-Boncour et moi, l'incomparable chemin qui conduit, à travers les Tuileries désertes et les rives de la Seine, au seuil magnifique du Grand-Palais.

Le labeur accompli durant le jour, dans la sombre et vétuste demeure du Ministère du Travail, donnait à nos esprits les enthousiasmes, les espérances même, que cette fondation, jeune d'un mois, venait de soulever au cœur du monde prolétaire.

Et nous songions, à regarder flamboyer dans la nuit les dômes et la coupole de verre, que ce temple des richesses n'avait point encore légitimé sa véritable destination.

Et je disais à cet ami cher, l'injustice douloureuse des fêtes annuelles du métal qui s'y célèbrent — l'or et l'acier confondus — l'injustice de ces fêtes symboliques où les artisans seuls, ne sont pas conviés (1).

Les espérances sont mortes, l'enthousiasme s'est éteint. Je n'ose dire si nos volontés sont satisfaites.

(1) Paul Boncour a tenu à me remercier par lettre pour lui avoir rappelé ce « si bon souvenir », en m'assurant du « vif intérêt » qu'il prit à lire cet article.

***

Ce vendredi, sous la brume dense, depuis le seuil de la rue Royale, les guirlandes lumineuses m'ont conduit sûrement.

Voici les fontaines de la Concorde embrasées, voici la place étoilée de lampadaires et de girandoles ; voici la vaste avenue tracée dans les vapeurs froides par deux lignes de feux.

Les autos strident et s'écrasent ; la foule, émerveillée, bée aux arceaux étincelants.

La perspective des deux palais irradie en clartés multicolores. Deux phares alternent, à hauteur des portiques, quatre cônes mobiles de poussière ardente.

Le terre-plein est inabordable pour le piéton confondu en sa petitesse, son insignifiance, son abandon.

Mais les pylônes, qui marquent l'entrée de ce havre aux rumeurs, sont franchis.

Les bassins s'encorbellent d'eaux vertes et rouges ; mille jets de flammes dardent aux côtés des « limousines » en station : le peuple, lentement, défile sous ces épées.

Voici les colonnades du grand temple dessinées sur leur fond par la lumière livide des tubes Crookes.

Des heurts. De brusques sauts sur les trottoirs ; cent frayeurs soudaines surgies de toutes parts, et je m'arrête au bas de la double rampe d'accès évoluant au péristyle.

Les voitures montent, imposantes, à vitesse contenue rongeant les axes.

Envol de chapeaux, ruées de fourrures sous les portes. Je n'ai que le temps de montrer une carte : le flot m'entraîne et me lance de l'autre côté.

***

Il fait chaud. La grande nef explose en clartés fulgurantes ; vingt projecteurs sillonnent la haute atmosphère, provoquent et chassent l'ombre des angles.

Des lambeaux symphoniques flottent au-dessus de bruits innombrables.

Moteurs en action, magnéto cliquetantes, sirènes, trompes, sifflets jouent et hululent dans la clameur bourdonnante des voix humaines.

Tentures, entrelacs, chiffres, écussons, initiales rutilent et aveuglent.

Nulle aspérité, nulle garniture qui n'ait ses lampes et ne se diffuse, pour les regards, en effluves lumineux.

De l'extrémité des galeries, dans la zône mouvante des réflecteurs aux rais bleuâtres, l'aspect est grandiose, indescriptible : c'est une féerie ; mieux une folie.

Les stands rivalisent en décorations pittoresques, artistiques même, limitées en tous sens par des chaînes de lampes, des grappes de motifs incandescents.

Autant d'arcs de triomphe élevés aux machines puissantes qu'ils surplombent ; autant d'éclats sur les aciers, sur les cuivres, sur les vernis et les velours.

Ma plume faiblit à suivre et à fixer le chatoiement de telles visons : c'est un digne décor au génie humain qui se proclame et resplendit.

***

Mais la foule disparate empêche la sérénité des pensers nobles que suggèrent tant de labeurs amoncelés.

Courtisanes, gentlemen, snobs et rastas du sport, jeunesse opulente, toutes et tous admirent, s'ébrouent, discutent à l'approche des ingénieurs.

Hormis ces derniers, ce ne sont que frelons et parasites.

En vain ai-je cherché quelques mandataires du million d'ouvriers dont les mains *seules* — depuis la mine de charbon et le primitif minerai, depuis l'arbre abattu et la boiserie brute — modelèrent ces roues, ces axes, ces tubes, assemblèrent ces cadres, façonnèrent ces jantes, ces panneaux, ajustèrent ces engrenages.

Avec un protocole d'empire, le président de notre république est venu inaugurer l'exhibition de ces merveilles, accompagné de quelques ministres.

Mais, de longtemps encore, nous ne verrons un représentant officiel du Travail recevoir, entouré de toutes les corporations participantes, le chef de l'Etat au seuil du Grand-Palais.

La première place était aux artisans. N'ayant que la dernière, ils viendront, les dimanches populeux et, pour contempler *leur œuvre*, paieront.

***

Les manufacturiers orgueilleux, dont les noms flamboyants baptisent tous ces efforts anonymes, espèrent de fructueuses commandes.

Aux stands, les gérants sont bousculés ; de vraies fortunes s'inscrivent journellement sur leurs registres. Ce sont des jours de fête, mais pour eux seulement, car la concurrence déchaînée ne se contente pas de simples bénéfices. C'est ainsi que le « grand trust » augmente en puissance ; plusieurs maisons de second ordre sont absorbées déjà.

La saisie pèse sur quelques marques et se manifestera dès la clôture.

Mais les foules en ignorent. La spéculation entre loups ne les émeut guère plus que moi. Je réserve en effet ma pitié, mes pensées pour les cinq mille ouvriers parisiens qui, avant l'heure du triomphe, ont été mis à la porte des usines, faute d'ouvrage. Et la famille, au seuil de l'hiver.

C'est la crise des « grosses » voitures, dit-on. C'est surtout la conséquence inévitable de la surproduction, de l'anarchie industrielle présente.

Et je songe, en me retirant, au leurre de toutes ces splendeurs fulgurantes, au faux aspect de puissance et de richesse d'une telle exposition : je n'en vois plus que la façade. Façade, en effet, tant que notre démocratie ne sera que politique ; tant que ses ministères ne seront pas des organismes de gestion purement sociale.

Le palais du Travail est encore à édifier ; peut-être, un an prochain s'inaugurera-t-il ?

Mais au cœur de la Grande avenue, en ce Paris de novembre aux brumes froides, ne s'élève à l'instant qu'un décor factice, lumineux, passager.

(*Novembre* 1907).

NOTE

Dans les journaux républicains on a pu lire, relativement à cette exhibition, des communiqués d'origines différentes, dont la seule juxtaposition remplace ici le plus éloquent commentaire :

« Les préparatifs pour la grandiose fête de ce soir au Grand Palais sont terminés.

« Tout est disposé pour recevoir dignement le président de la République, les ministres, les bureaux des Chambres, la municipalité de Paris, et l'énorme affluence de public select qui se pressera ce soir dans l'immense nef.

« En raison de l'incertitude du temps, le comité a fait multiplier encore les appareils de chauffage, déjà fort nombreux.

« Le Grand Palais sera ce soir une immense serre lumineuse décorée magnifiquement de fleurs et de plantes, parfaitement abritée et chauffée, éclairée « a giorno », où vingt spectacles différents attireront et charmeront tour à tour les spectateurs.

« Le grand-duc Alexis a envoyé ce matin retenir l'une des dernières loges disponibles.

« Les dons continuent à arriver pour la tombola, l'élan est unanime.

« Le programme déjà sensationnel de la fête s'augmente à chaque instant de nouveaux numéros.

« Les portes du palais ouvriront à neuf heures précises, le public aura accès par les Champs-Elysées et par l'avenue Alexandre-III complètement déblayée et gardée par la cavalerie.

« Il n'y aura pas de bousculade à craindre ni à l'intérieur ni à l'extérieur.

« Nous rappelons que le prix d'entrée est de 10 francs et qu'il donne droit d'assister à tous les spectacles, représentations, concerts, attractions multiples. »

« La Crise de l'Automobile — des milliers d'ouvriers sont sur le pavé, sans espoir de retrouver du travail avant longtemps : obligés sans doute, avant peu, de changer de métier. »

Est-ce possible en Démocratie ?

Les Bardes

C'est une espèce qui tend de plus en plus à disparaître, que celle de ces troubadours de village, portant la lyre au cœur de nos provinces les plus extrêmes.

D'aucuns prétendent le contraire. Jamais, d'après eux, résurrection ne fut plus patente.

Je veux bien le croire, si l'on appelle « bardes » tous ceux qui s'efforcent de faire revivre la tradition, soit en exhumant les chants ou poèmes séculaires de leurs pays, soit en créant un mouvement poétique répandant au loin l'inspiration qui naît à l'ombre de rustiques clochers.

Le but ainsi compris est digne d'attention. Mais déjà nos poètes ne célèbrent-ils pas, sur un mode enthousiaste, les beautés de leur coin de terre ? Il faut croire que c'est insuffisant, malgré l'appoint des « Félibres » du Sud, et des « Rosati » du Nord, aux lyrismes différents.

Même à Paris, des groupes existent, qui unissent les enfants chevelus d'une région déterminée, sous l'égide d'Euterpe ou d'Erato.

« Rosati » du froid septentrion et « Cigaliers » des bords ensoleillés du Rhône représentent, en somme, l'élite de ce que l'on peut assembler pour le maintien d'une poétique natale.

Mais, les artistes participant à ces « cours » n'ont rien de commun avec le barde.

Ce vieux mot, d'origine celtique, n'enorgueillissait jadis que le baladin chanteur s'accompagnant sur la viole d'amour. Parcourez la France et vous verrez que la race en est presque totalement disparue. Il reste bien encore des « instrumenteux » locaux : violoneux, joueurs de flûte, de cornemuse ou de banjo, suivant la situation géographique, mer, plaine, montagne. Mais ceux-là ne sont plus chevaliers de cette tradition héroïco-amoureuse, à laquelle notre poésie doit son origine et ses premiers éléments.

La vie moderne, cependant, devait nous redonner, quelques siècles plus tard, une contrefaçon du barde antique, non pour perpétuer par la chanson le charme des souvenirs ancestraux, ou le pittoresque des sites, mais pour utiliser rimes et notes comme véhicules de toutes les forces mauvaises de l'esprit.

Exaltant la fierté primitive des contrées où ils élirent séjour, ces rapsodes surent rapidement s'achalander boutique en vendant leurs productions faciles.

Certaines régions de l'Est et du Nord comptent quelques exploiteurs de ce genre, entretenant parmi les populations, l'idée de revanche et le retour des aigles. Ce sont les moins connus. Leur succès, du reste, est relatif, car les centres où ils sévissent sont laborieux, intelligents, avertis.

Tel n'est pas le cas de l'immense Armorique où l'ignorance crasse, la superstition maladive, la démente foi, la misère, préparent un milieu de culture vraiment unique à ces charlatans du vers.

Ici, ce n'est plus une vocation, mais un métier ; chaque ville importante s'honore d'un commentateur en rimes qui dispense au papier, au livre, à la carte illustrée, les méfaits de sa surabondante inspiration patriotique.

Vous pourriez supposer que la patrie en jeu est notre grande France. Non pas. Mais la seule Bretagne qui ne se réclame nullement de la République.

Les événements politiques de ces deux dernières années ont fait, du reste, jaillir de ce sol rocheux des hordes nouvelles de bardes qui défendirent sans faiblir, on s'en souvient, les insurgés contre la loi française.

Au moment critique où les sœurs en rebellion lançaient sur nos troupes de saintes immondices, ces preux Trouvères entonnaient leurs plus harmonieux cantiques, avoisinant en couplets pressés Dieu, Quiberon et la Fleur de lys.

Toute une littérature de ce cru non pareil existe depuis peu. Le « barde » des « bardes » n'y est pas étranger. Du reste, une rapide fortune amassée en intoxiquant des ilotes lui a permis le rare plaisir de l'édition avec illustrations et musique. Ce « Maître » spécial, à l'exemple de nos grands artistes, fait de fructueuses tournées sur les continents lointains.

Nos plus luxueux steamers l'ont emporté vers les rives d'outre-Atlantique, et il fut permis de l'entendre charmer en cours de route, ses amis, les passagers de première, avec ses plus divines chansons. Elles sont, du reste, toutes délectables. Cela dépend uniquement de la façon dont on les juge. Celui qui, pour un peuple, rêve l'asservissement perpétuel, le fanatisme ignare, l'indigence et la faim jamais apaisée, n'a qu'à propager de pareilles élucubrations.

Le barde, du reste, n'en use pas pour lui. En son castel confortable, il lui est certes doux de glorifier la mort du « pauvre pêcheur », le « gars perdu en Terre-Neuve ». Cela rapporte et ne fait tort à personne, sinon à celui que l'on maintient au rang de brute et dont on ossifie le cerveau par l'alcool.

Poèmes ! cela s'intitule...

O bardes bretons, vos fleurs des genêts sont fleurs du Mal.

L'Art social-*Mai* 1905
(*Deux reproductions*-1907)

Le Goût et la Foule

Si l'on peut apprécier le réel progrès des œuvres sociales et les heureuses influences qu'elles exercent sur l'esprit populaire, orienté vers un idéal de justice, plus proche toujours, il est regrettable de constater que l'aspiration au beau n'est pas en rapport avec cette mentalité nouvelle.

De partout, les œuvres malsaines jaillissent et prospèrent, sans parler du café-concert, dont le procès « artistique », ancien déjà, ne mérite plus d'être réédité, une propagande active, dans tous les ordres d'idées, soulève, excite et flatte les plus bas instincts dont les collectivités soient capables.

Je dis collectivité, car, si l'individu seul est sensible au raisonnement, aux conseils, à l'exemple, il redevient vite esclave de son milieu et subit les pires entraînements.

Cela, bien entendu, au détriment des manifestations généreuses contraires, dont les masses, trop rarement, donnent le signal.

***

Après les tristes feuilletons larmoyants et ténébreux — édifiés, colonne par colonne, sur le crime et le poison, — le drame fictif, né d'imaginations aussi fécondes que vénéneuses, a passé au théâtre.

Les « Ambigu » doublèrent rapidement la fortune d'auteurs-journalistes dont les héros firent pleurer ou frémir en roman d'abord, puis en scénario.

L'Ecole du Crime fonctionne toujours et le nombre de ses auditeurs n'est près de diminuer

La coupe verticale d'un maison en toile peinte montre aux spectateurs, après l'entrée de l'assassin, la strangulation du concierge infirme, témoin gênant, et le meurtre, au cinquième étage, de la chaste ouvrière sur qui s'acharnèrent tous les malheurs, depuis l'orphelinat jusqu'au viol ultime, bien connu.

Ce thème facile supporte d'ingénieuses variations, au jeu desquelles prennent part les plus régressives passions et les calamités les plus atroces.

L'or, la trahison, la haine y sont autant de moyens que la spéculation des intéressés, marchands d'encre au suc d'oignon, cultive jusqu'à complet rendement.

Le couteau, la corde et la bague cyanurée, sans oublier cependant les tentures nuitamment toxiques. s'arrachent dans cette course à la suppression de la vie, des palmes doublement funéraires.

***

Mais pour beaucoup de gens on empêche de « tourner en rond » dès que l'on s'élève contre cette exploitation éhontée de la sensibilité ou de la bestialité commune à tous les hommes, de ceux particulièrement qui n'ont pu s'en affranchir pour des raisons toutes sociales : misère, humilité, atavisme, ignorance.

Et cette catégorie d'individus, très grande, s'augmente encore d'une autre dont la culture d'esprit est toujours à faire.

En y joignant ceux que sollicitent la curiosité douteuse

et le snobisme, on aura composé la foule qui fait les « trois cents » ou la « millième » aux directeurs bien heureux. Tout à côté se jouent parfois les «fours» sublimes devant les banquettes vides. Aussi, les managers, à la longue, se détachent-ils de toute tentative d'art pour sombrer, comme le rival voisin, dans le spectacle de l'instinct, qui « fait » recette, voire fortune, contre celui de l'esprit, qui ne « fait » rien.

Cependant, jusqu'à ce degré dans la satisfaction du plaisir, il faut régler soi-même les frais qu'il nécessite. Nul n'est obligé, en effet, de pénétrer de force les arcanes du grand monde spécial où palpite le vice.

Roman effroyable et théâtre sanguinaire ont donc ce public attitré qui s'en délecte, ignorant les saines joies, gratuites ou presque, de la bibliothèque, du musée, de la nature en toutes saisons.

Ah! comme je laisserais volontiers la place aux gauloiseries, même aux rudes farces militaires si l'on supprimait la littérature qui fait verser tant de mauvais pleurs ! Car le rire est toujours le propre de l'homme, selon Rabelais, et rire c'est vivre, c'est parfois réfléchir ou penser, tandis que les larmes sont inutiles sur des misères imaginées. N'a-t-on assez des siennes ?

Rire, repose et réconforte ; pleurer, désespère et affaiblit ; mais la foule qui se plaint, veut gémir encore.

***

On peut plaider pour elle les circonstances atténuantes. L'évolution intellectuelle suivra bien l'autre... les humbles ne savent pas.

Mais il y a crime lorsqu'on la tente avec l'appât grossier de l'illustration qui revêt d'ignobles couleurs le banal fait divers des troisièmes pages quotidiennes.

Oui, ce problème, hier non posé, est aujourd'hui résolu.

« Pour rien » d'abord, pour un, puis pour deux sous enfin, le gamin, l'apprenti, la jeune couturière, pourront se repaître à satiété de tous les meurtres, vitriolages, assomades et vengeances de la semaine.

La fiction cède la place à l'authentique. Cela manquait au bonheur des hommes.

Le grand crime aura, dans la publication dont je tiens le numéro distribué — son nouveau repaire — les honneurs de la première page ; les autres, le menu fretin du pistolet et du lardoir s'échelonneront depuis l'intérieur jusqu'au verso de la couverture.

Un texte précis relatera effets et causes, les noms, l'adresse, l'étage...

Il faut voir les taches de sang se promener un peu loin de la plaie, par suite d'un mauvais tirage ! Dame, pour deux sous.

C'est le « dernier cri », cri du goût que l'on égorge, que l'on sacrifie aux désirs brutaux du public ; deux sous ! une exposition permanente, une morgue illustrée où l'on pourra voir le triste accident du travail voisiner avec le drame de l'alcool ou de la basse passion. Bel exemple à suivre, enseignement profond qui atteindra son but !

Les faits-divers illustrés ! qui l'eût cru. (1)

Cependant qu'au même étalage se meurent les œuvres d'art ignorées, en bouquins à cinq sous : le Hugo, le Gœthe, le Molière... c'est à décourager le génie.

Le siècle de Plutus n'est pas encore celui de la Beauté. On n'y pourchasse toujours que les marchands de fleurs.

L'Art Social-*Juin* 1905.
(*Trois reproductions*-1907)

NOTE

(1) La publication visée existe depuis Mai 1905. Son premier numéro provoqua cet article. Elle fut créée et lancée par une grande maison d'éditions populaires qui, d'autre part, fait œuvre utile en vulgarisant, dans une collection à bon marché, des livres excellents.

L'un des directeurs de cette importante maison est un démocrate convaincu qui participe généreusement à toutes les initiatives républicaines.

On conçoit mal cette dualité d'attitude si l'on ne tient compte des *bénéfices énormes* que réalisent « Les Faits divers illustrés », malsain périodique dont le succès est maintenant établi. Car, depuis deux ans et demi, aucune protestation, au nom du goût et de la simple morale n'a été élevée. Mais je trouve enfin, dans l'*Action* du 17 mars ce petit écho :

Les vains exemples.

« L'Association de la Presse de l'Enseignement, émue de la publicité abusive qui est donnée par certains journaux aux crimes et délits, vient de protester et de nommer une commission qui cherchera une entente, à ce sujet, entre les grandes associations de presse. »

C'est une mesure, à mon sens, dérisoire. Il faut l'interdiction par ordre officiel.

Un noble enseignement

L'opinion générale s'est amusée, au lieu de s'émouvoir, des récents incidents de la Faculté de Médecine.

Et cependant, quels faits sont plus navrants à considérer, quelle honte n'est plus certaine pour l'esprit français.

Certes, je reconnais mon incompétence à discuter ici les capacités professionnelles en jeu, ou le droit de revendication des élèves. Estimant qu'il est des voies régulières et des moyens plus dignes de faire prévaloir celui-ci, je ne retiendrai seulement que les procédés mis en usage par les perturbateurs.

Peu de citoyens y ont songé. Le plus grand nombre a trouvé savoureuses ces manifestations de mauvais goût.

J'affirme, pour ma part, qu'elles sont scandaleuses, en raison même de la large et sympathique publicité dont elles ont bénéficié. Le silence s'imposait : c'est pourquoi il n'a pas été tenu.

En effet, si l'actualité tire des conflits entre les individus et les groupes, une copie intarissable, elle se montre beaucoup plus réservée quand il ne s'agit que d'une découverte intéressant l'humanité.

Les deux valeureux professeurs, bafoués par des élèves, n'auraient certes obtenu le lancement, par notre presse, d'un sérum bienfaisant, résultat de leurs travaux.

Mais frappés au front par des œufs pourris, accablés par les grossières offenses d'une multitude forcenée, ils intéressent davantage les reporters qui se plaisent à commenter cet odieux accueil. Ce n'est pas leur faute : ils connaissent si bien le public !

J'ai rougi en songeant que ces élèves, que ces jeunes hommes s'initiant à la vie studieuse, n'avaient pas eu, à défaut d'un peu de respect pour leurs maîtres, le respect dû à la science qu'ils incarnaient.

Comment ! C'est la jeune bourgeoisie se disant voltairienne, celle dont les pères revendiquent l'œuvre de séparation des dogmes et de l'Etat, qui commet un tel sacrilège !

Elle n'a pas compris qu'en insultant de façon aussi lâche, deux hommes reconnus éminents, élus par leurs collègues, elle atteignait la foi scientifique ?

Figurez-vous les disciples du séminaire se livrant à pareille agression sur les prêtres chargés de leur révéler la trinité du Verbe.

Oh ! comme on a dû se réjouir dans toutes les facultés religieuses ; oh ! comme les adolescents qui étudient à Oxford et à Bônn nous mépriseront quand ils connaîtront ces détails.

Car s'il est un internationalisme entre tous respectable, c'est bien celui du savoir humain : les étrangers ne manqueront de le défendre contre nous.

***

Donc, pendant vingt minutes, au dire des gazettes, deux professeurs sont restés muets et impassibles sous une grêle de projectiles immondes, sous les huées, les menaces, les insultes des trois cents élèves auxquels ils avaient mission d'enseigner l'anatomie.

Puis ces sauvages ont dansé autour d'un feu de chaises ; enfin, dehors, formés en monôme, ils ont poursuivi et conspué leurs honorables maîtres jusqu'à domicile. Quel plus noble enseignement ! et quel loyal héroïsme !

Vous pensez, sans doute, que la force s'est interposée ; vous pensez que ces déments ont été arrêtés ou punis ? Non pas. Ils ont organisé l'attaque au su de toute la presse ; ils l'ont renouvelée à deux jours d'intervalle — *en l'annonçant* — et nulle autorité n'est intervenue : pas un gardien, pas un ordre n'a empêché la réalisation de ce scandale. Les deux professeurs déplaisaient aux élèves parce qu'ils venaient de Nancy ! Vraiment, après un tel aveu, comment ne pas croire à notre décadence.

J'imagine, avec crainte, les mêmes faits se produisant dans une école normale d'instituteurs ou une école supérieure : les malheureux verraient briser leur carrière par le renvoi définitif ou la suppression des bourses acquises, sans préjudice de condamnations pour violences et bris de matériel.

Tel serait, selon la décision officielle, « l'exemple salutaire » donné aux imitateurs à venir.

Mais il s'agit de futurs docteurs, de futurs maîtres, et la loi bourgeoise ne les atteindra point.

Elle laissera impunément bafouer les professeurs et flamber les meubles ; il faut bien que la jeunesse s'amuse !

Ma supposition, d'ailleurs, ne peut se réaliser, car les humbles fils qui se destinent à l'enseignement primaire, témoignent une autre déférence pour les vérités qu'on leur apprend et qu'ils devront enseigner.

Il faut toute l'âme satisfaite, tout l'esprit d'autorité, tout l'orgueil des jeunes bourgeois pour perpétrer de pareils actes en pleine certitude de l'impunité. Jugez et comparez : des escouades policières bienveillantes ont seulement prié la bande turbulente et séditieuse, de faire un peu moins de bruit.

Cela nous prouve quelle mansuétude les dignitaires de la faculté et l'autorité supérieure montreront à l'égard des mutins. La Faculté sera fermée quelque temps, les études suspendues, jusqu'au jour où les élèves fatigués réintègreront les cours et resteront tranquilles. Mais nous demeurons indifférents.

Ce qu'il importe surtout de souligner, outre la déplorable indulgence acquise à de telles manifestations, c'est le discrédit qui frappe nos universités à l'étranger et atteint la réputation de leurs professeurs.

Il est certain que si les cabales n'étaient entrées dans les mœurs scolaires, les jeunes gens n'auraient pas l'audace inouïe que nous révèlent leurs derniers exploits.

Une discipline plus ferme, une autorité moins transigeante peuvent seules imposer aux étudiants le respect des maîtres et de l'établissement qui les choisit.

Si le pays supporte sans protester les lourdes charges que lui demande l'enseignement supérieur, ce n'est certes pas pour que la bourgeoisie qui en est l'unique bénéficiaire, lui enlève tout prestige par des agissements inqualifiables. Mais n'est-il décevant — pour une capitale qui se targue à juste titre, d'être à l'avant-garde intellectuelle — de posséder la génération cultivée qui bafoue les professeurs de science ! à l'heure où les parlements rompent le lien des dogmes et reconnaissent le respect qui leur est dû ? Cependant, la parole qui monte d'une chaire de faculté représente autrement d'efforts, de dévouement et d'héroïsme que la parabole mille fois tombée sur les fidèles engourdis dans leur croyance.

Enfin, comment veut-on que les démocrates, les rationalistes propagent la foi nouvelle et la fassent aimer, quand ceux qui doivent un jour l'enseigner, la ridiculisent et l'avilissent.

C'est par la vénération et la ferveur que le christianisme a subsisté dix-neuf siècles ; c'est par l'enthousiasme que la science paraîtra belle, et par le respect qu'elle s'imposera.

Que ceux qui la recherchent et ceux qui la diffusent inspirent d'abord ce respect, car des professeurs amoindris et des élèves indignes concourent à sa dérision.

Il faut donc protéger les uns et punir les autres si l'on veut rendre tous les citoyens solidaires et responsables de la dignité de notre esprit et de notre renom.

(*Novembre* 1907).

NOTE

I. Quelques rares journaux ont condamné comme il convenait de pareils agissements.

J. Cornély, dans le *Siècle* du 12 novembre s'exprime ainsi :

« J'ai été étudiant en médecine et je ne valais pas mieux que les autres : mais jamais je n'ai assisté à des scènes dégradantes comme celles de la Faculté de Paris.

Et nous aurions eu honte de prodiguer des insultes aussi directes et aussi brutales à des hommes qui méritaient nos respects et étaient la gloire de la carrière où nous briguions d'entrer. »

Le sénateur Ranc, dans l'*Aurore*, n'est pas moins catégorique.

II. Comme je le prévoyais le 11 novembre, la seule mesure prise a été la fermeture de la Faculté de médecine jusqu'au 31 décembre — soit un mois et demi de repos ou de réflexion pour les élèves.

La croyance au Roi

Alphonse, mon jeune camarade, est parti pour l'Angleterre, après l'émouvant accueil que l'on sait. (1)

Mais il n'a pas oublié son ancien condisciple, et voilà pourquoi, dépistant les protocoles, il est venu sans retard prendre le thé chez moi.

Je le connus en nourrice.

Mais, bizarre destinée, Alphonse naquit dans un palais. A deux jours, il était prince, à trois mois, colonel anglais ; à cinq ans, fils de Dieu ; à vingt ans, général et amiral, titulaire de tous les ordres indigènes ou étrangers ; à vingt-cinq ans, enfin, il fut couronné souverain de dix-huit millions de sujets dociles.

En Espagne, il habite un château-forteresse et commande une armée. Maître civil, il porte aussi bien la redingote que les multiples déguisements royaux.

C'est le premier citoyen de son peuple. Il n'a jamais tort et se passe de juges, il a toujours raison et dédaigne les conseils. Premier en espagnol, en amour et en sporting, il malmène tous les jurys et méconnaît les lois. Champion automobile et dispensateur des grâces, il écrase dans la rue et torture en prison. C'est un homme dans le train. Mais quel train ! wagons dorés, horaire spécial, haies de fusils...

Sur mer, ce gentleman ne va qu'en cuirassé ; ses cabines sont aux foyers d'une ellipse de canons.

Souvent, au navire seul, il préfère l'escadre.

(1) Voyage du « Roi » d'Espagne à Paris, fin octobre 1907.

J'avoue qu'Alphonse est un vrai roi. Sa vie intime m'appartient un peu ; elle s'insinue dans la mienne, par ce que m'en conte le journal quotidien. Cependant, il ne me fit point part de son projet de mariage ni de la conclusion de celui-ci.

Oubli, sans doute.

Mais, j'ai lu avec joie les détails de son hyménée. Mes idées l'ont influencé quelque peu ; en effet, il n'a pas craint les reproches patriotiques de son peuple en consacrant l'internationalisme de la langue, de l'amour et de l'or: Madame Battemberg, sa femme est Anglaise; Carmen n'a pas osé protester.

***

Quand je compare tant de libertés et de droits avec les humbles licences que me confère la loi française, je sursaute quelque peu. Ma vie est plus humble : je suis né dans une rue quelconque ; à deux jours, je n'étais qu'un nouveau-né ; à vingt ans, on me sacra soldat ; à vingt-cinq ans, je n'avais pas un souverain en poche. Je voyage à plein tarif et prends à l'occasion le bateau parisien. Comme liste civile, je reçois celle de contributions terriblement directes.

Mais cette différence de conditions, Alphonse sait me la faire oublier, car, avec moi, il est charmant.

Devant ma bibliothèque, ce n'est pas le jeune maître dont le pouvoir chavire l'esprit. Non. Les livres qui sont derrière lui, anéantissent tout son prestige: il n'est plus qu'un tube digestif bien habillé.

Après s'être informé de ma santé et de mes travaux, il me parle d'abondance, et je vous le résume ainsi :

— Mon cher, je dirige des hommes et tu diriges des pensées ; c'est bien plus beau !

« Quand je te vois, je rends intérieurement hommage

à ton esprit exceptionnel, car, toi, au moins, *tu ne crois pas au roi.*

« Voilà : je quitte un peuple figé dans la tradition, la superstition, l'ignorance ; ce peuple qui m'acclame et me nourrit, paie mes costumes, entretient mes domestiques et mes maîtresses, veille à mes intérêts, m'offre des bijoux, des épées, des cierges, des médailles et me confie son armada, cependant que les mères, lentement me façonnent dans leur chair une multitude de gardes du corps.

« Je ne puis exiger davantage !

« Mais lorsque je viens en France, dont l'histoire se magnifie de dix révolutions, je m'apprête toujours à l'hostilité des foules. Grande est mon erreur. Ta capitale est plus royaliste que Madrid : les soldats bousculent, les mouchoirs s'agitent... je suis obligé de saluer et de sourire.

« Vraiment, si mon trône, un jour, chancelle, ce qui est certain, je le transporterai à Paris. Car ici, comme là-bas, nul ne discute mon titre. Je suis toujours roi, grâce à l'incognito que respectent les photographes ; on crie : « Vive Phonse treize ! Vive Asturies ! » — c'est mon moutard — et même : « Vive la nourrice » !!!

« Avoue qu'un peuple ne suit pas mieux sa tradition révolutionnaire.

« Ton vieux Fallières m'attend au train, sa femme se saisit de mon bras pendant qu'il baise la main de mon épouse. Il est vrai qu'il me passe la Légion d'honneur.

« Reconnais qu'il y a de quoi me persuader ! pense donc, des républicains ! La *Garde* joue, le drapeau s'incline ; cent soldats bleu, blanc, rouge protègent mon wagon. Et v'lan ! la *Marseillaise.* Je goûte fort, tu le sais, le motif du «sang impur» et des « tyrans ». Ça, pour un monarque, c'est trouvé !

« Mais, tristesse, ce n'est pas tout.

« Dehors, le peuple glapit pour me voir. Un homme s'empale sur une grille, un enfant tombe au fleuve, des femmes s'affaissent étouffées, la police tape dans la démocratie.

« Il y a beaucoup de braves gens et beaucoup de faméliques auxquels, tout à l'heure, mon maître d'hôtel communiquera le menu ; ce qui est une notable compensation.

« Bref, je suis très roi, infiniment roi. En douterais-tu ?

« Heureusement que j'ai tout un étage, dix pièces pour dormir et recevoir un jour ! C'est là où défilent les tiares.

« Mes secrétaires n'ont que le temps de confectionner en hâte quelques discours (deux cents par mois). Je suis assez applaudi, car je les prononce bien, à ce que dit le protocole.

« Mais quel travail !

« Aussi, dès mon retour, vais-je demander de l'augmentation, sinon j'adhère au syndicat des fonctionnaires dont tu t'occupes. Avec mon prénom numéroté, nul doute que l'on ne m'y accepte.

« J'ai, en effet, des charges ridicules. Voyons, ferais-tu le roi, le pantin, pour quelques millions ! et toute ta vie ?

« Ah ! si j'étais sénateur de mon pauvre pays ! quelles réformes profondes n'y réaliserais-je point ?

« Hélas, je ne suis pas même député, pas même journaliste !

« Aussi, l'Espagne agonise-t-elle sous l'étreinte du prêtre, du financier et du détective.

« Oh ! comme je regrette, mon cher, le temps où nous étions en nourrice, égaux devant la nature et devant la faim. Te rappelles-tu ces bonnes parties de biberon ?

Tout cela est bien loin, plus loin que l'Angleterre où je serai demain soir.

***

« Non pas cent coups de canon, mais cent un ! — note bien ce *un* ! — vont crever mes tympans et ceux du baby, lorsque le cuirassé débarquera la famille. Tous les parents de ma femme nous attendront sur le quai.

« Ce ne sont que rois, ducs et princes pour le bon peuple anglais comme pour les autres ; il faut croire que ça les pose. Moi j'appelle ces gens-là beau-père et belle-mère. C'est beaucoup moins souverain...

« Allons, au revoir, mon cher ; j'entends Collard qui me cherche. Mais laisse-moi espérer que tu t'efforceras, par la plume et le verbe, d'obtenir la réalisation de mes réformes, car je n'en ai vraiment pas le temps.

« Ah ! si tu pouvais me façonner une démocratie comme la tienne ! pour sûr, je n'y perdrais rien, ni un sou, ni un galon, ni un sujet. Je serais à l'abri des attentats auxquels m'expose mon titre.

« Vois Fallières, s'il est heureux.

« Par l'Immaculée-Conception et le tonnerre de Brest, j'oubliais encore Nakens et ses compagnons. Réclame donc leur liberté. Mes ministres n'y pensent plus, au cours de nos bombes internationales.

« Mais ne m'accuse pas : le roi et la patrie sont des conceptions populaires, je suis leur victime.

« Hier, Madrid, aujourd'hui Paris, demain Londres. Vois-tu, mon ami, si tu *ne crois pas au roi* — pas plus que moi, du reste — crois au moins à la « *Princesse* ». Il n'y en aura jamais qu'une, éternelle comme l'humaine bêtise.

(*Novembre* 1907)

L'Idéaliste

L'ARBRE DES AGES

Un soir d'hiver, voici quelques années, je reçus, dans ma chambre d'étudiant, la visite inattendue d'un jeune homme qui se dit aussitôt mon confrère.

Le vingtième jour du mois étant passé, j'appréhendais le classique emprunt d'une pièce de cent sous — et j'étais, certes, mal à l'aise, car j'avais moi-même le plus pressant besoin d'un banquier désintéressé. Déjà, je préparais mentalement un « mille regrets » catégorique, mais le visiteur devina ce drame de conscience et me rassura d'un mot : sur la parole d'un camarade dont j'eus beaucoup de peine à fixer le souvenir, cet éphèbe inconnu me venait voir. Pour un « confrère », je n'insistai pas autrement.

Je dus alors écouter la lamentable odyssée de ce garçon malgré tout sympathique, parce que minable — juste ce qu'il fallait — pour déceler un idéaliste.

Et voici. Parti de sa province, après des études intermittentes et des examens désastreux, Paris offrit bientôt le sûr refuge à ses ambitions et à ses rêves.

Il tenta comme il put les chances communes à ceux qui écrivent, mais ses ressources s'épuisèrent. Bientôt étreint par l'angoisse quotidienne, il erra, le ventre vide et les yeux secs, jusqu'au jour où lui apparut la

Fortune, sous forme de bandes à remplir pour le compte d'un imprimeur.

Cela lui permit de connaître plus régulièrement la douceur du sandwich et d'un verre de bière lentement absorbé — et de solliciter avec plus de confiance l'attention des Directeurs.

***

Mon « confrère », en effet, se vouait à l'art dramatique et ne doutait pas d'en être, à bref délai, le Maître incontesté.

Plus il éprouvait de déboires, plus il semblait s'illusionner, jugeant la valeur de son œuvre au mépris qu'on lui en témoignait.

C'était le côté curieux de sa psychologie. Vraiment, il m'intéressait. Et ce fut l'instant d'abandon.

Le jeune dramaturge exhuma d'une poche de sa houppelande décolorée par les intempéries, un volumineux manuscrit roulé avec soin. Il le dénoua, le tordit en sens inverse et l'étala sous mes yeux.

Et je lus, sur la première page, ce titre magnifique en cursive d'un pouce : *L'Arbre des Ages*, épopée en cinq parties.

Hélas, ce n'était que la première, quelque chose comme le prologue de cette vaste entreprise symbolique.

Je parus atterré — ce qui, par contagion, consterna mon interlocuteur. Mais un court instant, car après avoir assuré sa voix par quelques grondements du larynx, il se mit en demeure de commencer cette lecture.

Je subis tout d'abord l'exposé synthétique de l'œuvre, puis les premiers arguments.

Au deuxième épisode, l'émotion me gagna. Et, jusqu'à une heure avancée de la nuit, crût mon exaltation lyrique.

***

Je garde pour les moments de doute le souvenir de l'ardente foi qui animait cette œuvre.

Au matin, mon héros partit, plus enthousiaste que jamais en le triomphe de son épopée.

Il s'en grisait comme d'un vin.

Quelles furent ses chances, je ne le sais ; mais, trois mois plus tard, la saison théâtrale achevée, je songeai que l'*Arbre des Ages* n'avait point surgi de la médiocrité ambiante.

Des ans passèrent.

J'allais sans doute oublier ces circonstances, lorsqu'en traversant l'avenue de l'Opéra, je fus interpellé par un adolescent que je ne reconnus pas avant qu'il ne m'ait dit son nom. C'était mon dramaturge, mais combien changé ! les yeux éteints, la face amaigrie, les cheveux courts — indice de l'esclavage, aveu de sa déchéance irrémédiable à laquelle son travail de l'instant, comme balayeur des dernières neiges, n'ajoutait rien de plus douloureux.

***

Je m'informai du manuscrit, m'offrant de le présenter. Personne n'avait voulu le lire, car il était trop gros et de titre effrayant. L'auteur l'avait bien envoyé à une tragédienne laurée par les ans autant que par la gloire, mais on le lui avait rendu.

De théâtre en théâtre, l'esthète s'était lassé. Sans argent, sans appui, sans maîtresse à prostituer.

Enfin, par un soir d'orage, seul dans sa mansarde, il relut à haute voix son manuscrit entier une fois ultime et, les yeux morts, l'âme déserte, il en fit sa dernière flambée.

Je n'ai pas trouvé d'exemple plus poignant pour stigmatiser notre époque littéraire.

(*Octobre* 1907)

Le Réaliste

MEDIOKRATOS

Mediokrâtos est un réaliste. Il incarne le type du siècle. Ses arguments sont irrésistibles, ses raisons, souveraines. Mais ses procédés, comme sa conscience — dont il parle sans cesse — sont extrêmement élastiques.

Nul mieux que lui sait abaisser les valeurs et rehausser les déchéances. Il exécute en vingt propos la réputation la mieux établie et hisse au pavois, en cinq temps, la dignité la plus chancelante. C'est un artiste dans son genre, un professeur de vertu en trois leçons.

Il s'intitule, sans aucune vanité d'ailleurs, « l'homme du juste milieu ».

Le soir où sa médiocrité apparut évidente à tous les membres de notre cercle, je profitai de sa bonne humeur pour le baptiser de ce nom grec qui lui va si bien.

Les amis glapirent de joie. Médiokrâtos sourit. Mais nous n'aurions pu dire si ce fut de bon cœur. En effet, c'est un partenaire redoutable dont le moindre geste vaut un argument de rhétorique.

Je ne fuis pas le danger et cependant j'appréhende sa rencontre. Cet individu me gêne et m'attire à la fois. Il y en a beaucoup comme cela dans la vie.

Sa poignée de main est anormale, son regard trop fuyant, son allure indéfinissable.

Malgré tout, Mediokrâtos est très apprécié, très estimé, car pour complaire à un ami, il disqualifierait la capitale entière.

Il est aussi très couru. Si vous ouvrez l'annuaire mondain, vous le verrez inscrit à tous les clubs où l'on joue : c'est un gentleman.

En politique, nul n'est tenu d'avoir confiance en lui et cependant un double crédit lui est accordé.

Vous connaissez certainement Mediokrâtos.

***

Hier, j'eus la mauvaise fortune d'être aperçu par lui en passant devant la terrasse habituée, à l'heure du quinquina. Il m'invita.

J'hésitai quelques secondes, pris entre le désir d'un refus et la crainte de ses suites : j'étais, dans ce cas, un homme perdu.

Tenant encore à ce qu'il m'a laissé de bonne réputation, j'acceptai, mais sans boire. Propos d'usage, nouvelles diverses, banalités classiques. Et mon interlocuteur s'informa de mes occupations. Nous discutâmes âprement. Je dus céder car il conclut :

— Non, mon cher, vous ne serez jamais un homme pratique. Avec le talent que vous avez, vous besognez pour de petites sommes. Moi je travaille en grand. Certes, cela ne va pas tout seul ; mais deux ou trois bonnes affaires par an m'assurent la vie facile. J'habite un hôtel particulier, je mets dix costumes neufs par saison, j'ai deux autos et trois maîtresses.

De la politique, j'en fais présentement juste ce qu'il faut pour être considéré : je calomnie et je touche. Le reste, c'est de la fumisterie pour nos idéologues.

Certes, je suis démocrate, mais ce n'est pas une raison pour croire à tout ce qu'ils racontent : le prolétariat, les masses, les congrès, le suffrage, des blagues !

Un exemple : que reste-t-il de leur action électorale si je ne m'interpose entre les candidats ? Je fais passer à mon gré le réactionnaire ou le libéral selon leurs offres respectives !

Parlez-moi de cette méthode ! Nous ne vivons pas pour les autres, mais pour nous !

Je me moque bien du passé et de l'avenir ! Le présent, mon cher, le présent ! Ce n'est pas avec des doctrines et des programmes que l'on s'offre un bon repas ! mais avec de l'argent.

J'oblige, par le prêt, de nombreux camarades ; c'est un sérieux placement qui détermine des influences.

A mon choix, je puis ainsi me faire recommander en haut lieu par les libres-penseurs ou les cléricaux, sinon par les deux à la fois.

Aux prochaines élections, je serai élu, grâce à tous les petits « cadavres » que j'ai su habilement placer entre maints politiciens et moi.

S'ils ne me soutiennent pas, je crée de l'esclandre. Tout se paye et tout se monnaye ! voilà ma devise.

Pourquoi végéter quand il est si facile de jouir largement. Il me faut cinq louis par jour — ce n'est pas d'un exigeant ! — au-dessous de cette somme, je me sens mal à l'aise à cause de ma réputation.

Ainsi, je suis souvent témoin dans les affaires d'honneur. La sympathie des femmes m'est acquise ; par elles j'irai loin. Voilà mes principes, selon 89.

***

Malgré leur évidente moralité, je dois songer au

lendemain. C'est pour cela que je spécule, grâce à l'intermédiaire de quelques gros amis dans le négoce.

Il faut tenir tous les milieux. Mes actions des « Grands Romans inédits » sont à la hausse, mes fonds Russes aussi, et mes « Cités Ouvrières » valent de l'or.

J'ai d'autres intérêts plus intimes.

Bref, il ne me manque qu'un titre pour couronner ma réputation et mon honorabilité car, le plus curieux — et je l'avoue sans honte — c'est que je ne suis rien du tout ! ni un vrai politicien, moins encore un écrivain ! ni un sérieux spéculateur, ni même un garçon intelligent.

Mais j'ai la bosse pratique — on la dit voisine du génie — et je réalise le juste milieu entre les grands intellectuels que vous fréquentez, et les petits journalistes parlementaires.

Aussi, vous l'ai-je dit, je proposerai bientôt, pour la neuvième fois, ma candidature n'importe où, car je commence à être las de faire ce jeu pour les autres.

Une fois élu, en bonne route vers le Conseil d'Etat, noté par la chancellerie, je contracterai une assurance sur la vie et un riche mariage.

Et déjà, je guette une héritière, pas très belle, pas très jeune, mais ayant du chic et du sac.

Ce jour-là, tous les ministres, le haut clergé et l'armée me suivront à Saint-Augustin.

Derrière eux, les corps d'élite, puis le défilé de deux mille crétins — dont la moitié sera fournie par ma circonscription.

Comme tout cela est loin de vos songes et de vos utopies ! hein ! n'êtes-vous pas tenté d'essayer le coup !

Mon cher, appelez-moi Mediokrâtos tant qu'il vous

plaira, je n'en serai pas moins et sous peu, l'un des maîtres de la démocratie. »

A cet instant, deux femmes semblèrent remarquer notre table. Mon interlocuteur se leva et partit les rejoindre, me laissant, pour prix de tant de sagesse, règler ses huit consommations.

(*Novembre* 1907).

NOTE

Mars 1908. — Un krach financier retentissant — dont les compromissions et les suspicions atteignent quelques parlementaires très haut placés ; la fuite d'un sénateur en Belgique ; les fondations d'épargne et les spéculations d'un autre donnent, à cette fantaisie satirique, une apparence de vérité.

Le Public et les Livres

Je suis allé hier bouquiner aux étalages des librairies. C'est une pratique indispensable pour garder contact avec le mouvement intellectuel, car elle oriente et complète, dans une certaine mesure, la documentation professionnelle. Quel homme, en effet, tenterait de lire ou d'acheter tout ce qui se publie.

L'approche des fêtes du nouvel an, l'apparition des livres d'étrennes, donnent à ces bibliothèques de plein air un caractère pittoresque.

Mais le plaisir des yeux s'accompagne d'un vague tourment : quel volume prendre ? les mains s'impatientent à choisir parmi tant de couvertures multicolores et de titres suggestifs. La curiosité n'a pas de répit.

Voici les éditions classiques richement reliées ; voici les œuvres d'actualité. Quelques grands noms, dix auteurs notablement connus. Les autres constituent la foule des écrivains ignorés, aux livres invendables.

C'est que vingt ouvrages nouveaux en moyenne, sont répartis là tous les jours ; vingt ouvrages chassant de la vedette ceux qui l'occupaient la veille et qui, demain, seront eux-mêmes remplacés.

Comment s'arrêter, comment pénétrer et juger tant de manifestations de la pensée, comment apprécier les contradictoires efforts de tant de prosateurs ! L'existence la mieux organisée et la plus longue ne suffirait à une telle assimilation.

Peu importe. Nul ne relève et dénombre les victimes du combat littéraire dont les quotidiens, l'opinion, les revues sont arbitres.

***

Jamais, cependant, je n'éprouvai comme hier, devant cet amoncellement d'œuvres diverses, la vanité d'écrire qui est en nous.

Rien ne m'aurait à l'instant semblé plus inutile, si le labeur matériel de l'impression ne s'était révélé aussitôt comme l'excuse et comme le seul profit social de cette vanité. (1)

Cependant, quelles espérances latentes, quelles célébrités s'affirmeraient un jour hors ce débordement ?

Vaine aussi, m'apparut la volonté solitaire de l'esthète aux pensers purs, dont l'ouvrage, de sens hermétique, était caché par l'in-18 au texte graveleux.

Malgré des dispositions agréables, un mercantilisme s'avérait encore. Le goût douteux de l'étalagiste n'avait pas gradué, depuis le bord de la vitrine jusqu'au mur, des valeurs mentales, mais des chances de vente, calculées sur l'état d'esprit actuel voué au bluff et à l'érotique.

Dans un coin, comme à regret, s'élevait une pile de volumes spécifiés « Prix Goncourt » qui, par une ironie décevante, usurpaient cette qualité à leurs voisins immédiats !

Soutenues par des lexiques en occasion, s'étageaient les revues de tous formats et de toutes couleurs.

Par elles encore, se propageaient des vanités de chapelles servant, à un public restreint, les chroniques d'art ou les événements sociaux à travers un prisme déterminé.

Enfin, sur un dernier rayon, comme retenus en quarantaine, se pressaient les volumes de vers, si nombreux à cette époque. Je pensais involontairement aux bannis, aux lépreux, à tous ceux qu'une tare physique ou morale peut exiler de notre ambiance.

Car le vendeur vous l'eût assuré comme à moi-même, « le vers » ne se lit pas, c'est-à-dire ne s'achète plus.

Que ce soit le poème d'émotion intérieure, digne du chevet de la convalescente, ou le lyrisme pensé, l'indifférence du passant lui est acquise. Mais le dirai-je, certains poètes de l'intimité préfèrent cet ostracisme à la curiosité narquoise du profane.

L'un d'eux me contait naguère sa déception en découvrant, parmi les soldes d'une boîte de quai, l'exemplaire de ses inspirations qu'il avait offert en hommage, au maître écrivain de l'heure. Sa dédicace chaleureuse n'avait pu obtenir grâce pour le livre qui n'était même pas découpé !

Je le consolai de mon mieux. Il comprit, en effet, l'impuissance de ces témoignages auprès des hommes que la notoriété désigne à l'admiration des « jeunes » et que ceux-ci accablent de leurs envois.

Ce ne sont pas deux, mais dix, vingt, trente volumes que les littérateurs en renom et les critiques influents reçoivent chaque jour. Il est matériellement impossible qu'ils s'astreignent à cette lecture.

Aussi l'un de nos stylistes — le plus français de France — dote-t-il les universités populaires avec les ouvrages qui lui sont adressés vierges et qu'il ne déflore pas.

D'autres, plus pratiques, les revendent aux bouquinistes à l'instant où leurs admirateurs attendent d'eux, mais en vain, la lettre de félicitations qui ranimerait leur courage affaibli.

***

Je songeais à toutes ces ambitions par avance déçues en visitant du regard le rayon des poètes. Ce sont invariablement les sacrifiés de la lutte, car la poésie ne supporte pas la violence. Il faut malheureusement au lecteur moderne, des œuvres à coup de poing. Le premier rang est aux plus forts : pas de sentiments, pas de nuances, pas de psychologie. On sait, en ce dernier genre, à quel degré avilissant les éditeurs sont descendus ; la complaisance du public les en a, d'ailleurs, récompensés.

Quelle place, me demanderez-vous, est donc laissée à celui qui écrit par tempérament ? La réponse est prompte : aucune.

Ecrire pour la joie d'écrire, pour la forme ou pour la pensée est un luxe coûteux.

Cela explique pourquoi la plupart des auteurs devenus célèbres furent, en leur temps, des fonctionnaires ou des journalistes ; et jusqu'au moment où la notoriété consacra leur talent, puis leur permit d'en vivre. Le moyen n'a pas varié.

Aussi, l'écrivain qui se respecte, réserve-t-il son œuvre personnelle, s'il doit attendre de sa plume un effort rétribué. Mais combien, hélas, par nécessité, cèdent à la tentation.

***

En ce moment, le goût populaire est avide de contes

fantastiques. Le passage de *Sherlock Holmes* sur le continent a provoqué notre imagination fertile. Et tous les faméliques qui vivaient jusqu'ici du feuilleton des coins de rue, ont exploité la faveur dont jouit présentement le héros de Conan Doyle, imitateur qui monnaie — peu le savent — une des créations les plus curieuses du génial Edgar-Poë.

Je n'exagèrerai pas en notant que les librairies sont infestées par des aventures de détectives imaginaires, piètres contrefaçons du type original. (2)

Un grand quotidien n'a-t-il, pour satisfaire ce même public, ressuscité feu Jules Verne ? Le conteur prestigieux aura bientôt sa firme tout comme certains romanciers d'Ambigu, morts depuis longtemps, dont la raison sociale authentifie toujours des productions anonymes.

Si l'on tient compte du tort irréparable fait au livre par les magazines à bon marché, dont l'enseignement et le but sont à coup sûr néfastes, on aura réuni les causes du désarroi littéraire actuel.

A l'instant où le goût public s'égarait jusqu'à la corruption, des littératures surgissaient pour le satisfaire. Quel élément entraîna l'autre ? c'est, à mon sens, une question vicieuse à laquelle il est malaisé de répondre.

Et déjà, les écrits probes ne sont plus lus, qu'ils paraissent en livres ou dans les gazettes. Le lecteur exige désormais de l'information inédite, du scandale et de l'horreur.

Le crime d'un dégénéré sadique fit récemment palpiter la France entière et la grande presse entretint longuement cette bestiale émotion.

Une telle perversion stigmatise nos mœurs, non sans influencer les foules. Je me demande, après cela, comment on peut encore enseigner la vertu conquérante des choses de l'esprit. Ce ne peut être qu'une légende, en des temps où les meilleures signatures sont celles du spéculateur et de l'aventurier.

Le métier des lettres s'avilit ; ses artisans perdent toute noblesse et le cèdent en dignité aux travailleurs manuels. Ces réflexions me convainquent une fois de plus, de l'inanité des efforts esthétiques et de la vanité d'écrire, sinon pour soi.

(*Décembre* 1907)

NOTES

Constatations toutes pareilles faites en des chroniques postérieures à la mienne :

(1) « Il ne reste plus de tous ces efforts sur une pensée correctement convenable, que le fait économique d'avoir rapporté beaucoup de journées de travail aux typographes. Si l'on fait la statistique de ces journées et des bénéfices éditoriaux accumulés par cette production, on en aura donné en même temps le bilan économique et le bilan esthétique. Ce n'était pas la peine d'encombrer ainsi la circulation.

Qu'en reste-t-il ? Rien. Des forêts ont disparu en pâte de papier. Des livres gisent par monceaux aux éventaires et aux casiers des bouquinistes. On en met au pilon. Tant de glorioles s'en vont en petites fumées. »

Gustave Kahn (*L'Aurore*, 29 janvier 1908).

(2) « Ce que le public veut, c'est un spectacle, et quand il n'a pas celui qu'il désire, il se contente de celui qu'on lui offre.

C'est, d'ailleurs, ce qui se passe en littérature. Je faisais allusion, plus haut, à ce goût immodéré qui sévit en faveur du roman à aventures policières. »

A. Charpentier (*L'Action*, 20 janvier 1908).

L'Humanité (2 février) se livre aux mêmes remarques, en annonçant la publication d'un récit de cette nature.

C'est une véritable épidémie. Rassurons-nous : telle autre lui succèdera.

Notes Bibliographiques

Je dois le dire, à ma plus grande satisfaction : je ne reçois que d'excellents livres — mais en nombre restreint, si l'on considère ce qui se publie journellement.

Sur ma table, cependant, ces volumes adressés en l'espoir d'une critique, forment une pile respectable.

Après avoir plaidé tant de fois la cause littéraire, je devrais logiquement — et dans ma mesure — disputer ces « excellents livres » à l'indifférence générale.

Le temps que me laissent les contingences quotidiennes et le labeur de mon œuvre personnelle, ne peut suffire à l'étude approfondie de l'effort des « jeunes » et de la maîtrise des aînés.

J'ai connu le dégoût des appréciations en trois lignes qu'un impuissant ou qu'un jaloux, embusqué derrière son pseudonyme, consacre au dénigrement d'un long travail réalisé.

Ce n'est donc pas pour abîmer en critiques « instantanées » les livres que m'envoient des confrères — en hommage, le plus souvent.

D'ailleurs, écrire est un métier, critiquer en est un autre, et je ne pourrais les professer ensemble qu'à leur détriment mutuel.

Sans doute, mon attention sera maintes fois retenue par tel ouvrage ou tel auteur ; alors il me plaira de dire ici mon opinion — en toute conscience, car je tiens à ma réputation de probe artisan de lettres.

Enfin, si mes lecteurs, si mes confrères pensent, malgré cet amical avis, à me faire le don désintéressé de leurs livres, je ne manquerai d'en signaler à la suite, le titre et l'édition.

H. M.

Ouvrages reçus

LITTÉRATURE.

Paul Adam : *Clarisse et l'homme heureux.*
Gabriel Trarieux : *Elie Greuze.*
Georges Renard : *La dernière croisade contre Rousseau.*
Léon Frapié : *La Boite aux Gosses.*
F. T. Marinetti : *D'Annunzio intime.*
— *La Momie Sanglante.*
Maurice Darin : *La Protectrice.*
— *Les Apôtres.*
St-Georges de Bouhélier : *Choix de pages.*
Jean Amade : *Etudes de littératures méridionales.*
Georges Bonnamour : *Révolte et Liberté.*
Octave Aubry : *La Face d'Airain.*

PHILOSOPHIE — PSYCHOLOGIE SCIENCES

Auguste Comte : *Cours de Philosophie positive.* (Tomes I et II).
Jean Lamarck : *Philosophie zoologique.*
Charles Sauerwein : *Histoire de la Terre.*
Léon Blum : *Du mariage.*
Paul Adam : *Les Impérialismes et la morale des Peuples.*

ARTS — POÉSIE — THÉATRE

André Foulon de Vaulx : *La statue mutilée.*
Charles Brun : *Le sang des Vignes.*
F. T. Marinetti : *La Conquête des Etoiles.*
Edouard Deverin : *Le Passant qui regarde.*
Léon Legavre : *Les deux Routes.*
Guido Verona : *Bianco Amore.*
E. Cavacchioli : *L'Incubo velato.*
Abel Pelletier : *Marie-des-Pierres.*
Alfred Mouly : *Rimes cuivrées.*
F. de Liguori : *Edmonda* (six actes)
Paul Louis Garnier : *Les Fins de l'Art contemporain.*
Henri Marcel : *La peinture Française.*
J. M. Garnier : *L'Imagerie Populaire.*
C. Bayet : *Précis de l'Histoire de l'Art.*
F. Méaulle : *Un peintre à la Villa Médicis* (3 volumes).

REVUES.

L'Art et les Artistes, *Paris.*
Poesia, *Milan.*
La Revue Intellectuelle, *Paris.*
La Poétique, *Paris.*
Cahiers de Mécislas Golberg, *Paris.*
La Province, *Le Hâvre.*
Revue de Psychologie Sociale, *Paris.*
La Société Nouvelle, *Mons.*
L'Action Régionaliste, *Paris.*

(*A suivre*)

Le Boulevard et les Livres

Voici bien un ironique démenti ! Ai-je osé dire, en l'étude conclusive de ce recueil que nos modernes libraires étaient des barbares et qu'ils malmenaient ou ignoraient les bons livres ?

Ma conscience m'oblige à reconnaître qu'une exception — heureuse entre toutes — confirme la généralité.

Croyez-vous, en effet, qu'au carrefour de cette croix spirituelle dont les bras joignent Montmartre et l'Odéonie, la Bastille et la Magdeleine ; croyez-vous qu'à l'intersection de ces voies intellectuelles, de celle-là, héroïque, de celle-ci, mystique, se trouve le libraire sagace, l'homme de goût éclectique méritant d'être cette exception ?

Tous les sincères amis du Livre vous l'affirmeront avec moi.

Et, afin que nul n'en ignore — et, sans doute, pour protester finement contre les allures de gare cosmopolite que prend ce centre de Paris, M. Eugène Rey — car c'est lui ! — vient de créer « *L'Echo Bibliographique du Boulevard* ».

N'est-ce pas que la note est exquise, dans le concert discordant des trompes et des cris surgi de la ruée automobile.

***

La voix des poètes s'élève et s'enfle dès les premières pages du recueil :

Verlaine, qui l'eût dit !
Mallarmé, qui l'eût crû !

et, moderne dominante, celle du grand Verhaeren. C'est d'excellent augure.

Puis, en prose légère, le chroniqueur de cette gazette — M. André Billy, l'ai-je nommé ? — nous initie aux secrets des meilleurs livres nouveaux.

De discrètes touches, des critiques voilées — d'autres, très justes, contre le roman policier. Ne les ai-je point formulées ici même ? Ce sont là, rencontres de beaux esprits.

Songez donc que « *L'Echo Bibliographique* » par la plume de M. Billy, note et recommande les trois volumes consacrés par mon excellent confrère Adolphe Boschot, à la vie épique de notre génial Hector Berlioz !

Peut-être n'oubliera-t-il point le volume de poésies que je dédie — poète dauphinois — à cette grande mémoire ; non plus que la *Fondation du Théâtre Hector Berlioz*, livre sous presse, exposant et développant une initiative qui m'est chère...

***

Mais quel « Echo » remarquable ! Pour égayer des nomenclatures sèches, pour mettre de la lumière dans les listes compactes des « Nouvelles Editions », M. Eugène Rey fait appel aux illustrations comme à l'art typographique.

Je reconnais, au hasard des feuillets, l'Elzévir, l'Auriol, le Grasset... Quelle façon plus subtile de parler des livres classiques et des livres modernes.

Arrêtons-nous. « *L'Echo Bibliographique* » est mensuel — et gratuit. C'est de la générosité, car je connais maints bibliophiles qui en collectionnent déjà les numéros.

Après sa lecture, le passant, le littérateur, le poète, l'artiste qui veut être sérieusement renseigné sur le mouvement livresque, peut dire, non sans orgueil : « Je vais savoir tout » !

Il ne lui reste, en effet, qu'à choisir.

***

M. Eugène Rey, plus que vingt critiques sévères comme moi, provoque à sa manière, la diffusion des bons livres, des beaux livres.

« *L'Echo Bibliographique du Boulevard...* des Italiens (N° 8) m'a séduit et instruit. Voilà pourquoi je me permets de le recommander auprès de mes nombreux amis lecteurs.

H. M.

Editions

Dans un prochain recueil de notes esthétiques et littéraires, je parlerai de la magnifique collection de *L'Enseignement des Beaux-Arts*, éditée par la librairie d'éducation nationale Alcide Picard, rue Soufflot.

De même, je consacrerai une page aux publications philosophiques et scientifiques des frères Schleicher qui accomplissent un effort de haute portée sociale en profusant, à faibles prix, tous les chefs-d'œuvre de la pensée rationaliste contemporaine.

OUVRAGES
DE
HENRI-MARTIN

En vente à la Librairie EUGÈNE REY, 8, Boulev. des Italiens, PARIS

LA TERRESTRE TRAGÉDIE. — *POÈME.*

Préface par GUSTAVE KAHN. — Epigraphes par VICTOR MARGUERITTE et AUGUSTE RODIN. — Nouvelle Edition annotée (1908) avec portrait de l'auteur par BERTHOLD-MAHN.

Un volume in-18, 330 pages (*L'Abbaye, Edit.*) .... 4 fr.

Edition (rare) en 2 volumes : I *L'HOMME.* — II. *L'IDÉE.* Chacun .... 2 fr.

Quelques exemplaires sur Chine et Japon.......... 20 fr.

RÊVERIES, PASSIONS. — *POÉSIES.*

En dédicace à la Mémoire d'*HECTOR BERLIOZ.*

Un volume de luxe in-16 Jésus (*L'Abbaye, Edit.* 1908)...................................... 3 50

Quelques exemplaires sur Hollande, marges soleil.. 15 fr.

HYMNE A LA VIE. — *POÈME A DEUX VOIX.*

(PANATHÊNA, *Thème symphonique*). 2ᵉ édition (1908).

Une plaquette de luxe in-16, titre or, 24 pages... 1 fr.

NAISSANCE DU PRINTEMPS — *PROSES.*

Extrait de SOUVENIRS, IDYLLES. (*Edition nouvelle*).

Une plaquette grand format, papier Ingres vert.. 1 fr.

SINCÈRE. — *SATIRE* (un acte, prose).

Un livret in-18, 36 pages (*L'Art social, 2ᵉ édition*). 1 fr.

VÉRITÉ. — (IXᵉ poème de *L'IDÉE*).

Préface par J. PAUL BONCOUR (1906).

Une plaquette in-18, papier Japon (*L'Art social, Edit.*)...................................... 1 fr.

---

*Voir au verso les recueils d'Esthétique et de Critique parus dans la collection d'***ÉTUDES LIBRES.**

Etudes Libres

PAR

HENRI-MARTIN

RECUEILS PÉRIODIQUES DE CRITIQUE ESTHÉTIQUE ET SOCIALE

Chez EUGÈNE REY, Éditeur, 8, Boulevard des Italiens — PARIS

(*Volumes de 80 à 120 pages — Prix : 1 et 2 francs*).

RECUEILS PARUS :

ANNÉE 1907.— (I. *Juillet*.— II. *Octobre*.— III. *Décembre*)

NOTES DOCUMENTAIRES (1903-1905).......... 1 vol.
(*Sociologie, Politique, Histoire*).

NOTES DOCUMENTAIRES (1903-1905). .... 1 vol.
(*Sciences, Esthétique, Education*).

CRITIQUES SOCIALES (1905-1906)............ 1 vol.
(*Programmes, Codes, Travail*).

ANNÉE 1908. — (*Mars-Octobre*).

L'ACTION INTELLECTUELLE................. 1 vol.
(*Notations d'Esthétique*).

LA TERRESTRE TRAGÉDIE ET L'OPINION...... 1 vol.
Etude sur l'œuvre et l'Auteur, par **OCTAVE AUBRY**.

FONDATION DU THÉATRE HECTOR BERLIOZ.. 1 vol.
Projet synthétique initial, par **HENRI-MARTIN**.

Pour paraître à la suite :

Critique :

LES IDÉES MODERNES.

LA REVUE ROUGE.

Esthétique :

L'ART ET L'ART SOCIAL.

L'IMAGERIE CHARTRAINE.

Arpajon. — Imprimerie Théodore Mavet.

www.ingramcontent.com/pod-product-compliance
Ingram Content Group UK Ltd.
Pitfield, Milton Keynes, MK11 3LW, UK
UKHW021600260726
13993UKWH00002B/956